音的记忆

〔日〕小川理子 著

郭丽 译

上海译文出版社

目　录

推荐序

了解日本的另类视角

毛丹青

(《在日本》主编)

　　"了解"可以有多样的视角，无论是对国家，还是对个人，其多样性不会改变。旅居日本三十多年，多样的视角让我增加了"了解"，尤其是在异域文化的语境中，让"了解"持续下去已经变成了我的愿望。

　　很多年以来，我们对日本女性的了解似乎形成了若干定式，类似樱花树下的和服女人、家庭主妇、艺妓，以及政府现任的女性大臣等，包括宝塚歌剧团和偶像组合

AKB48，都是让我们"了解"的视角，而且是多样性的。不过，从我个人的所想而言，策划出版《我是主播》《五十岁，我辞职了》《音的记忆》这套有关日本女性的书籍也许是上述多样性的一次延伸，因为书中的叙述不仅让我了解了日本女性的力量，同时也让我了解了日本。了解日本是为了丰富我们自己的智慧。

日语里有个词叫"女子力"，曾获得平成二十一年（二〇〇九年）日本新语与流行语大奖提名。原本以为这只是一时风靡的社会现象，但一直到令和年代，这个词仍然出现于很多领域，尤其是涉及日本女性的自立以及职场生涯的时候，"女子力"的词汇活跃度就会明显增加。这一方面强调女性积极向上的生活态度，另一方面也说明了日本社会对女性的认知变化。相较于传统观念，这一变化的进程虽然并不那么激进，但的确是向前迈进的。当然，有关"女子力"一词的用法，有时也跟女权主义挂钩，在日语的语境中呈现出复杂的一面。不过，从当代日本社会的文脉中观察，这三本书所反映出的文化现象，尤其是作为日本女性的个人叙述，无论是其中的细节，还是所展示的人文情怀，都是一种真实的写照。我甚至觉得这些写照是跨界的，作为非虚构文本，给人一种柔软的力量。

《我是主播》的作者是国谷裕子，一位在NHK电视台报道了整整二十三年新闻节目的最著名的女主播，出镜的新闻节目多达三千七百八十四期，每期三十分钟。她在书中详细地描述了主播的心得，尤其是海量的细节很吸引人。比如，有一回她采访曾获诺贝尔文学奖的作家大江健三郎先生，等到灯光、摄像机的机位固定完毕时，大江先生突然从皮包里拿出了一叠写满字的卡片，原来他为了接受国谷裕子的采访，已经事先写下了想要说的话。但几乎在同一个瞬间，国谷裕子对大江先生说："对不起，您能把这些卡片放回包里吗？"大江先生听后，当场收回了卡片。书中写道："采访人与被采访对象能否在采访开始前进入同一状态，这对采访工作来说是一个关键问题。"在日本，电视女主播是众多女性所向往的职业。这本书有职业的硬道理，还有人情，尤其是充满个人魅力的国谷裕子，更是值得职场女性关注的人物。

《五十岁，我辞职了》的作者是稻垣惠美子女士，她的爆炸头也许是她最有力的标志，她单身、无子女、无工作，眼下崇尚纯自然的生活方式，家里不用电，上楼爬楼梯，到了夜晚完全靠窗外的自然光线照明，号称"挺亮的"。她在辞职前是《朝日新闻》的编辑委员、电视新闻节目的嘉宾，成为日本知识界女强人的代表人物。这本书详细地描述了她对日本现代社会的选择，其文化着眼点是广泛的，很生活，很理想，同时也很励志。

《音的记忆》的作者是小川理子，现任松下电器的执行董事，同时是一位爵士钢琴家。她从小受家庭影响喜欢音乐，爱弹钢琴，甚至对在母亲体内听过的音乐都有记忆，很奇妙。音乐对她来说，更多意义在于"音"，至少比"乐"的存在意义要大得多。她是庆应大学理工学部毕业的，因为对"音"的痴迷，考入松下电器公司，参与了世界音响品牌 Technics SST－1 的研发工作。不过，随着全球音响市场的缩小，松下电器于一九九三年决定解散她供职的部门，这让她非常失意。在这之后，小川理子开始用钢琴演奏爵士乐，二〇〇三年出版发行了自己的 CD 专辑，并在同一年的英国音乐杂志上获得了年度最佳的好评，以"Swingin' Stride"品牌出道，几乎成了一位职业的爵士钢琴家。不过，因为无法放弃对"音"的追求，她依然留在松下电器，并未辞职。二〇一四年三月，大转机来了，因为大容量数码传送的飞速发展以及全球对高端音响的需求，松下电器决定激活音响技术的开发与市场的开拓，并任命小川理子为执行董事，让她负责整个 Technics 的品牌复活。这是一本日本职场女性的励志书，也是一本唯有女性才能洞察秋毫、娓娓道来，讲述人的情怀的书。学识、才华、苦恼、爱情以及如期而至的成功感，这些内容很充实，有些段落让人心动。她为这本书写出了三个关键词："工作""爱"与"坚持"。

其实，小川理子的三个关键词也是这套"女子力"丛书的核心内容。在此，让我感谢三位作者对这次策划以及对这套书的支持与配合，同时也感谢翻译们的工作和上海译文出版社的大力协作。谢谢大家。

二〇二〇年七月吉日

序

音的记忆

三岁时第一次接触钢琴

舞蹈家的影像浮现在幽暗的会场上。他的眼神专注而认真。

画面中的舞蹈家开始翩翩起舞。接着，聚光灯打在我的钢琴上。

终于轮到我出场了。我保持冷静，在琴键上倾注全力。

这是我为了这一天特地创作的曲子。影像在天空、大海、山峦等宏大的自然景致中不断切换，与此同时，我怀着对音乐的热情，全身心地投入到了演奏中。

音乐不分年龄，亦无国界。它就在我们的身边，我们随时都会与令人心动的音乐邂逅。我想把自己涉足音乐领域以来的感受分享给大家。

摄像机的闪光灯不断闪烁，我感受到会场上的热情持续高涨。

一分半钟的演奏恍若一瞬间。演奏结束的时候，舞台上打出了一行文字——Technics。

　　这是在德国柏林举行的"Technics 重启活动"的舞台。与日本一样，德国也拥有众多生产高品质音响的实力强大的制造商。会场上，演奏开始之前，著名的音响评论家一直以苛刻的目光等待着演奏开始，而此时，全场响起了出乎意料的雷鸣般掌声。我作为爵士钢琴家的出场到此结束。然而，正式的演出现在才刚刚开始。

　　当主持人报出"钢琴家小川理子"后，我走到了舞台中央，接着，又以"音响工程师，Technics 项目新领导"的身份被再次介绍。

　　我必须在此向来自世界各国的经销商和记者隆重介绍新生 Technics 的魅力。

　　"今天能在此向世界宣布 Technics 的重启，我感到非常高兴。"

　　二〇一四年九月三日，柏林。在欧洲市场最大的国际电子消费展会 IFA 2014 的新闻发布会上，作为松下的负责人，我宣布高级音响品牌 Technics 重新启动。

说到 Technics，可能很多人没有听说过。过去，人们只能直接通过乐器听音乐。发明了音响器材之后，人们先将声音刻到黑胶唱片上，再将金刚石唱针放到黑胶唱片上，收集音乐信号，再现音乐。这个发明诞生后，即使没有乐器也可以听音乐了。

松下电器的前身——松下电器产业，创立了高级音响品牌 Technics，从一九六五年开始销售，其目标是在家中也能再现音乐厅或酒吧环境下的音乐效果。

我在演讲中还提到了 Technics 的传统、Technics 复活的欣喜、将产品再次推向全世界的喜悦，以及为音乐而感动对于人生来说有多么重要等，整个过程热情洋溢。

终于，走到了这一步。

自 Technics 的高保真音响产品从市场上完全消失以来，时间已经过去很久了。

我于一九八六年进入松下电器，被分配到音响研究所。当时的所长曾问我："在数字化时代，怎样才能在音响世界中创造出新价值呢？"

其实，每个人都有自己非常珍贵的"音的记忆"。

对我而言，那是我还在妈妈的肚子里时的音的记忆。

听妈妈说，她曾注意到当自己唱某些特定的歌曲时，当时还是婴儿的我就会有反应，眼睛里会充满泪水。

妈妈唱的就是《红鞋子》和《春天，来吧》。

我有一个比我大两岁的哥哥。我还在妈妈肚子里的时候，妈妈就每天唱童谣给年幼的哥哥听。在妈妈反复唱给哥哥听的歌曲当中，这两首无疑对我的听觉和心理刺激最强烈。

所以，即使是现在，每当听到这两首曲子时，我内心深处都会涌起特别的思绪。

我希望 Technics 是可以唤起人们这种特殊情感的音响器械。抱着这个愿望，我对即将复活的 Technics 进行了说明。

"在数字化世界中创造新的音响价值"这个项目于一九九三年解散，我因此失去存在感，落落寡欢。不久，我接受鼓手上司的邀请，决定和他一起组建爵士乐队。虽然我从三岁就开始弹钢琴，但还是第一次在观众面前现场正式演奏爵士乐。二○○三年我四十岁的时候，通过美国阿伯唱片公司（Arbors Records）发售了CD《一切都是为了爱》（*It's All About Love*），并被英国《国际爵士乐杂志》（*Jazz Journal International*）评为年度最佳唱片集。此时，我已经能够兼顾好爵士钢琴家和公司职员这双重角色。二○○三年发表的独立十周年纪念唱片集 *JAZZ-A-MINE* 中，收录了我演奏的《红鞋子》。

本书是我专注"音"以来完成的第一本著作。

成为松下唯一的女董事后，我接受了许多采访。我想在本书中，讲一讲平时无法在简短的采访报道中体现的内容——关于如何兼顾公司职员和爵士乐演奏者两个角色。

另外，我也想写一下唤起自己特殊情感的"音"的故事。

也许我写文章不如弹钢琴那么熟练，但我还是衷心希望这些文字能和音乐一样，打动您的心。

第一章

所有生物体内都有自己的节律

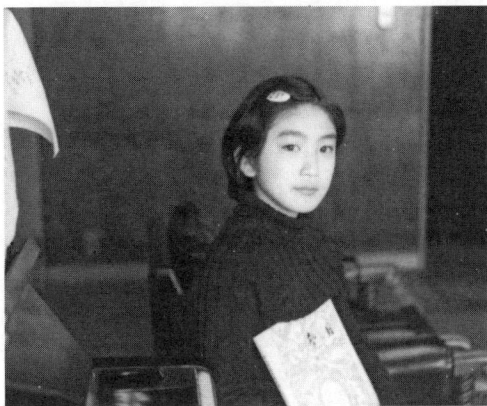

高中毕业前，我每周都去上钢琴课

在妈妈肚子里听到的曲子在我心中有着特别的意义，这一点一直都让我觉得不可思议。

当我还是庆应义塾大学理工学院电气工程系生物电子工程研究室三年级学生的时候，就将毕业论文题目定为了《生物的节律》。

人体内有许多器官，这些器官之间是否具有彼此相关联的节律呢？这个疑问成了我毕业论文题目的起源。心脏和呼吸等具有较强的节律，而肠道和淋巴管等血流量小的器官的节律则较微弱，它们之间到底有着怎样的关联呢？而且，我更想了解人体的节律和自然界动态之间的关联。比如，人体的节律与天体的动态或潮水涨落之间的关联等等。既然万物根源的宇宙孕育了人类，那么人类的身体必定与自然有所关联。

为了完成这篇论文，我和医学部的同学一起合作进行了实验。我们先监测了老鼠的肠道和淋巴管的运动，并探索个体的呼吸运动与心率节律之间的关系。

一切源于在客厅里听到过的爸爸收藏的唱片

我出生于大阪西区的立卖堀。这里离松下电器产业的创业者松下幸之助曾经做长工的船场商业区非常近，过去一直被称为西船场。大阪这个城市就像古时的行会一样，一条街上开设的都是同类的店铺。这条街全是纺织品批发店，那条街全是药物批发店。而我出生的这个立卖堀是专卖木材和机械工具的。我家经营的也是机械工具的批发生意，旁边相似的公司云集，螺丝刀、扳手、吊链……这样的工具随处可见。小时候，公司、仓库，甚至附近木材存放处都是我玩耍的场所，放学回家时经常与哥哥和他的朋友结伴去这些地方，一起玩捉迷藏。

可能正是因为这个原因，我从小对机械工具和经商就有所了解。

不过，我更熟悉的是音乐。我并非出身于音乐世家，但周围总是被音乐环绕着。外公喜欢音乐，会弹拨三味线，爱好能乐；爸爸则是忠实的爵士乐爱好者。由于家里的客厅里总是播放着摇摆爵士乐，所以不知不觉间我记住了很多曲子。每次我用钢琴模仿弹奏黑胶唱片中爵士乐名家的曲子时，爸爸就会非常开心。与我同辈的亲戚也很喜欢音乐，比如，堂兄经常给我一些旧的披头士唱片之类的东西，我都听得很开心。

我三岁开始学钢琴。四岁开始在相爱学园上儿童音乐课程，正规地学习音乐实用技巧及理论。进大学之前，我每周都去上钢琴课。此外，我还上了相当正规的古典钢琴课，周围甚至有人劝我报考音乐院校。

一起上音乐培训课的同学中，很多人都考上了艺术大学或音乐学院。可是，除了钢琴之外，我还想学习更多其他的东西。我当时的想法是：上一所普通的学校，把音乐作为兴趣。最后，我选择了理工学院，可能是因为我受到了哥哥的影响——哥哥比我先考进了工程学院，也可能是因为我对科学有着某种憧憬。

当时特意去敲"生物电子工程研究室"的大门，是因为我认为在这里或许可以研究耳朵的功能，尤其是听觉这一功能。有一段时期，我本来还考虑要不要考医学院，因为我对人体和生物本身非常感兴趣。医学、工程学、人类以及音乐，我想跨越这些不同的学科学习，而生物电子工程领域就具有这种可能性。

在研究室的学习很给人启发。

每个同学的研究题目都非常独特，比如，有人计测蛙腿肌肉纤维的电位，试图研发出能够行走并且让人不会感觉劳累的人工步行器；有人测量眼睛接受光刺激后脑波产生的反应；还有人则进行癌症的温热疗法或者通过激光多普勒进行血流测量等研究；而我关于生物节律的研究也就是在这种环境下诞生的。

这篇毕业论文的研究充分表明我以后会从事音响相关的工作，不过这一点我现在才明白过来。其原点是我在妈妈的肚子里听到的关于《红鞋子》和《春天，来吧》的记忆。我觉得这种胎儿的"音的记忆"非常不可思议，这引起了我对身体内部节律的好奇，并最终使我踏上了在理工学院的研究之路。

以感性的音乐为主题，我一边作为工程师在科学技术领域里努力学习，一边思考该如何去把握它，而这也为我指明了未来前进的方向。

"小理，你的话，应该也能做与音响相关的工作吧"

我希望到松下电器工作，是因为当时松下有音响研究所。如果说我处于音乐和科学技术的接点，那么我想来这里工作也就顺理成章了。

考上庆应义塾大学之后，我寄宿在东京市谷的女大学生宿舍，这个宿舍现在还在。这里云集了来自全国的女学生，我交到了各地的朋友。

其中，有一个来自北海道的女生，名叫岩渊小百合。她与我同龄，也喜欢音乐，我们之间有很多共同语言。平时，我称她"莎莉"，她叫我"小理"，关系特别好。我们不厌其烦地谈论许多关于音乐的话题。莎莉当时经常参加日本胜利公司（Victor）生产的电风琴"Victron"的全国大赛，而且总是进入总决赛。她对音乐充满热情，甚至租下宿舍十二楼的两个房间，把其中一个房间改造成电风琴练习室。

有一次，我们和往常一样，在她的房间里聊天。莎莉对我说："弹电风琴之后，我发现周围有很多人从事与音响相关的工作。比如混音工程师、乐器工程师等。我不是学理科的，这方面不太清楚。小理，你的话，应该也能做这些工作的吧?"

进入大四，考虑就业单位的时候，我心中有几个选项，其中一个是电子生物学领域。因为我一直学的是医学与工程学交叉的生物电子工程学，所以我想从事"生物工程学"这个领域的工作，以便将生物的各种功能应用于工程学。当然，在药品、化妆品、食品等行业从事生物技术相关的工作，对我来说自然也很有吸引力，很多学长都在这些单位工作。并且我也相信，生物技术领域今后肯定会有长足的发展。

另一方面，我还有一个强烈的想法，那就是今后想从事与声音相关的工作。

从与声音打交道这个大范围来考虑的话，可以列举出几个候选单位，如唱片公司和广播等工作。但这和我之前学的领域又有点距离。此时，一个关键词突然浮现在脑海："音响"。只不过，说到音响，我也只是听莎莉说起过，至于音响方面具体都有哪些工作，我其实并不清楚。

"能发挥自己的感性和个性，又与声音相关的是什么样的工作呢？"

在大学图书馆里遇到改变命运的论文

我在理工学院的图书馆里，试着用"音响"这个关键词查找资料，搜索出来的几本书中，有一本名叫《日本音响学会杂志》的专业杂志吸引了我的目光。我想，学术杂志的话，应该会登载最新的研究成果吧。为了寻找线索，我从书架上取下了这本杂志。

首先让我感到震惊的是，关于声音和音响的研究原来竟然有这么多！我看得入迷，完全忘记了时间。突然，我的视线停留在了一篇标题为《基于音响心理的音质评价》的论文上，因为，这篇论文探讨的内容是"人们在听到熟悉的声音时，会产生什么样的感觉"。

　　果然有企业在做这样的研究！我欣喜异常。心想，这到底是一家什么样的公司呢？抱着这个疑问，我看了看论文的作者，上面写着"松下电器音响研究所"。

　　对大阪商人来说，松下电器可谓意义非凡。

　　"松下幸之助乃经营之神"这一说法，我从小就耳濡目染，熟稔于心。我立刻想到：

　　如果松下电器正在进行这方面研究的话，那我也想去那里工作。

　　想到这里，我马上请工作人员帮我复印好这篇论文，然后抑制住自己的兴奋之情，离开了图书馆。

　　我去找大学指导教授南谷晴之老师商量，告诉他"松下电器的音响研究所好像在进行一项非常有意思的研究，我想去那里工作"。他给了我一个意外而惊喜的回答："我有个同学在松下电器工作，你要不要去拜访他？他此前好像一直负责音响工作，也是咱们理工学院毕业的。"

就这样，我第一次前往位于大阪的松下电器，在那里见到了南谷老师提到的那位学长。

然而，当我激动地身体前倾，与他交谈时，却被打断话头。他说：

"小川学妹，你讲得太激动了，可是今后很可能不会往这个方向发展……"

第二章

就业之前

大学时我在音乐社团里担任键盘手和主唱

"我实话跟你说啊，你最好往其他方面发展。像你这么优秀，应该会有其他更好的可能性……"

松下电器音响事业部领导语重心长地对当时满怀兴奋的我这么说。

我一九八五年开始找工作，当时松下电器集团综合销售额大概是五兆五百亿日元。音响器械部门的销售额大约占其中的百分之九，达四千五百亿日元。而我想进的部门是研发基础技术的"音响研究所"。音响事业部将在那里研发出的基础技术应用到实际产品上，实现商品化，并销售出去。熟知该事业部现状的人劝我说，"音响领域未来不容乐观""你最好换一个想做的工作"。

从模拟式到数字式

事实上，我找工作那段时间，音乐界正在发生翻天覆地的变化。

当时日本正处于泡沫经济前夕，音响领域之前使用的一直是模拟音源，之后逐渐开始向数字式转变。

这是一个翻天覆地的变化。

以唱片为中心的模拟式音源没有音乐信息量的限制。

唱片通过在表面刻出的细小沟槽将实际演奏进行录音，唱针一端的金刚石接触到这些细小沟槽时引起振动，由此产生声音。

多数情况下，用物理方法摩擦物体的过程中会产生杂音，但是模拟式可以将音源的信息量完整地记录在媒介上，并再现出来。因此，技术人员需要做的就是真实地再现原声。

当时，能够接近原声的音响器械非常受人们欢迎。一九六五年，Technics品牌开始上市销售。而到了一九七〇年代，每个家庭已经在竞相购买百科辞典以及音响设备了。那个年代，人们都争相购买时价一百万日元（相当于现价几百万日元）的东西，就像购买汽车和房子一样。

一九七〇年代，Technics 几乎每年都会发布黑胶唱机、功率放大器、扬声器等新产品，那些拥有世界最尖端技术的产品接二连三地面世，毫无疑问，那是 Technics 的一段黄金时期。

大学毕业之前，我一直都使用模拟式唱片和盒式录音磁带。对于我来说，当时就是这种印象。

但是，到了一九八二年，CD 播放器和 CD 软件就已经上市销售了。CD 是用数字信号记录信息的先驱。

与模拟信号相比，数字信号有信息量的限制，数字音频信号舍弃了人类听力范围以外的声音。

声音的高低通过频率（Hz）测定，在 CD 中，其频率范围被标准化，在频率范围以外的声音则被舍弃。人类耳朵可以听到的最高频率是 20 kHz，最低频率是 20 Hz。只要收录这个区间的频率，就能覆盖大多数音乐。通过这一标准将不需要的声音舍弃。

此外，要考虑声音幅度的大小。人类耳朵听到的声音幅度范围很大，据说最大的是飞机在头上飞翔时的声音（约 130 分贝），最小的是负无限大（约 0 分贝）。据说在古典音乐的演奏中，虽然因曲而异，但人们听到的声音大小幅度最大约为 120 分贝，不过，能收录到 CD 中的标准被限定在 96 分贝之内。

通过这种方式，声音可以实现数字化。

也就是说，将声音转化为数字音源，就是决定"放入多少信息"，换言之，这项工作就是选择"舍弃多少声音"。对于技术人员来说，他们的基本原则是"如实地再现原声"，即传达与现场相同的声音。如何面对逐渐成为主流的数字化音源，这是一个很大的问题。不难想象，他们的处境是多么进退维艰。

多媒体化

另外，宣告新媒体时代到来的脚步声也在逐渐响起。

一九七九年由索尼研发的"随身听"成为改变音乐欣赏方式的一个标志。将喜欢的盒式录音磁带装入随身听中随身携带，随时随地都可以独自欣赏音乐，这种风格开始在年轻人中风靡。

　　也就是说，全家人在家里一起欣赏音响设备传出来的音乐——这种生活方式本身正在发生根本变化。

　　变化不仅限于此。一九七〇年代末，家用录像机面世。一九八一年，录像机的上市量超过了电视机。之后，电视机也开始使用地面波段播放，而且不断推进卫星播放标准化。松下电器也不再局限于传统媒体，而是一直推进新媒体研究。泡沫经济开始出现时，电器制造商纷纷将全力倾注到与影像相关的事业中。

　　是的，音响事业本身正面临巨大考验，我前面见到的那位音响事业部负责人一定对此有切身体会。

　　不过，这一点我直到现在才明白过来。

　　当时的他应该给我讲了这些关于时代的变化，可是那时的我对现实情况根本就没有任何概念，因此也就无法从内心里接受。

"你要不要去音响研究所参观一下"

回到东京后，我对自己的未来感到非常迷茫，当然，我的脑海里也曾闪过改行的念头。可是，当时我还不能理解"最好寻找音响之外的可能性"这句话的深层含义，同时我也无法舍弃自己想从事音响工作的信念。

于是，我突然想到了一位招聘人员。大学里每年都会有很多企业来举办招聘会，我自己也曾在大三的时候参加过松下电器半导体研究所所长举办的招聘说明会。虽然与这位所长没有个人之间的交情，但我还是决定和他联系试试看。无论如何，我想消除那天到大阪之后心底的迷惑。

"我想从事与音响相关的工作。"我对接见了自己的所长梶原孝生这么说道。他的回答简单明了：

"你要不要去音响研究所参观一下？"

我第一次拜访音响事业部是在四月份，大概一个月之后的某一天，我再次去了大阪的松下电器。在宽敞的企业园区内，音响研究所就位于我上次拜访的总公司对面，中间隔着国道。研究所离正门大概五分钟的步行距离，是一栋毫不起眼的白色四层建筑。

但是，进去之后，大量的音响器械和设备震撼到了我。

在松下电器，音响研究所一手承担了所有与声音相关的研发工作。扬声器和功率放大器等的研发自然不必说，还做电话语音的通信品质研究，麦克风和集音技术、音场控制、音响材料、车内音响设备、电子乐器的研发以及数字化录音磁带等新的记录媒体的研究。这里研发出的技术经过各个事业部的打磨，最后转化成商品。

所有研究中最让我兴奋的，是尚在分析中的某个图表。当时研究所受外部机构委托，正致力于研究声纹分析，即如何通过声音辨认出某一个人。"原来还做这样的研究呀！"研究所的研究范围之广令我倍感刺激。

音响研究所不仅做商品研发，还密切参与一些社会问题。

"果然很有趣!"

带领我参观的是当时的音响研究所所长,他对异常兴奋的我说:

"这里可是负责声音从入口到出口所有部分的'声音的殿堂'。"

声音的殿堂!

我没有弄错!

"我想在这里工作!"

一九八五年夏天,我请南谷教授以理工学院的名义帮我写了封推荐信,并顺利拿到了松下电器的录用通知,但是我的"就职活动"直到此时才算正式开始。因为,所有新员工未必都能够如愿被分配到自己想去的岗位。不,应该说,不能达成愿望的人更多一些。

我不停地对每一个遇到的人说"我想进音响研究所工作"。

这些人包括作为招聘人员与我见过面的半导体研究所

所长梶原、负责面试我的女上司、和我面谈的人事部负责人以及音响研究所的所长等人。我不断地向他们诉说我以前学到的知识、我找到了可以发挥这些知识的工作，以及"正因为如此，才想进音响研究所"等等内容。

一九八六年三月，毕业典礼结束几天之后，我离开了居住四年的女生宿舍，回到了故乡大阪。四月一日，身着崭新的西服套装的我与三千多名同期入职的新员工一起，成为"经营之神"的公司——松下电器的职员。

新员工培训结束之后初夏的一天，我被人事负责人叫了过去：

"你被分配到音响研究所第一研究室。"

在大学里遇到那篇论文的一年之后，我被分配到了心仪已久的岗位。

第三章

自由的研究所

发布超薄隐藏式音响"Audio Flat Panel（AFP）"
研发成果的时候

有个词叫"行星连珠"。一九八六年初夏，二十三岁的我被分配到了"音响研究所"。现在看来，就像太阳系的行星排列在同一直线上的行星连珠一样，上天在名为松下电器的这一太阳系中巧妙地安排了我和两位上司在同一方向上。在声音的世界里，这两位上司此后都对我产生了重要影响。

一位是第一研究室室长木村阳一，还有一位是音响研究所所长小幡修一。

木村就是最初使我立志进入松下电器的《日本音响学会杂志》论文《基于音响心理的音质评价》的执笔者之一。后来当我为是否辞职而陷入苦恼时，也是他挽留我，对我说："要不要试试爵士乐？"他大力支持我走上爵士钢琴演奏的道路。至于小幡所长，他让我站在技术员的角度去思考和发现音响世界的本质与音响的未来，并以身作则教我自由思考的重要性。

　　自入职第一天起，木村一直在音响研究所工作，为保证松下电器产品的音质而努力。一直到退休，他执着于追求完美的音质，是音质方面的专家。小幡所长来自音响研发小组，在一九八六年和我同一年，以所长身份进入音响研究所，而我这个新员工当时也位列其中。是的，这就是行星连珠。

　　新所长小幡首先对我直言相告：

　　"现在音响正处于数字化、多媒体化的环境中，我希望你能给出在这个环境中关于音响新价值的建议。"

　　这和半年前音响事业部的负责人对我说的话如出一辙。

　　"你对音乐非常熟悉，对声音有敏锐的感知力。在这个研究所里，有许多测量数值的人，也有很多讲解物理性能的人，但是没有一个人像你这样既了解音乐又理解人的感知，同时还可以通过音乐方面的知识来讲解声音，请在这些方面充分施展你的才华。"

音响事业部负责人说，这就是从三千多名新员工中选我进入"音响研究所"的原因。

充满热情的技术员连接起纵向型的上下级组织

就这样，我开始了在"声音的殿堂"里的研究生活。刚开始的七年研究生活中，研究所充满了重视创意想法的宽松自由氛围，即使现在回想起来，依然倍感开心。

不管怎么说，"自由的研究所"这一氛围在很大程度上得益于所长小幡的才智。当时五十岁出头的小幡所长是松下电器这个拥有诸多纵向型上下级组织公司的技术员。为了达成目标，他充满热情，不断努力，把这些上下级组织连接在一起。

直接驱动式黑胶唱机"SP-10"使用的新技术后来被各家公司广泛应用，而小幡所长就是创造出这一新技术的技术员。所谓唱盘，就是放上黑胶唱片后旋转的转盘。在Technics品牌一九七〇年发售这款直接驱动式黑胶唱机"SP-10"之前，使用的都是通过传动带将内部的马达和转盘结合来旋转的方式。但是，用传动带方式的话，由于在外圈旋转唱片，旋转不稳定，因此声音也不稳定。

隔壁大楼无线研究所的一位名叫小林一二的技术员研发出了一种马达。一九七〇年的时候，小幡就想到了将这种马达应用到转盘上。如果使用这种马达的话，不仅体积小而且马力足、稳定性强，可以直接连接在转盘上使之旋转。就这样，直接驱动式黑胶唱机诞生了。将马达直接连接到转盘这一技术是世界首创，这个"SP－10"使Technics在世界上名声大振。

与其他部门共同研发产品并使之商品化，这件事听起来高效、易操作，但现实并没有这么简单。这一点在大公司上班的人应该都有切身体会。在松下这个组织中与其他部门谋求合作并创造出新东西，这在很大程度上是得益于小幡所长的热情。

和小幡所长一起创造出世界第一款直接驱动式黑胶唱机的小林一二在四五年之后，再一次对我们的工作起了重要作用，不过这是另外一个话题，我后面再谈。

就是这位小幡所长，经常将其他人带到音响研究所的研发现场。这些人中，既有公司外部人员，也有公司内部人员。他会叫住路过的人，问"你觉得这个怎么样"或提出"请听听这个声音"等请求。每当此时，他都会叫我，说："小川，等一会帮我给他们讲解一下吧。"然后让我一个人当讲解员。创业者幸之助的女婿——当时的松下正治董事长为了研究车内音响设备，专门来视察了音响研究所，小幡所长很自然地对我说："小川，你来给董事长讲解一下。"让我这个新员工独自去面对董事长。直到现在，我还无法忘记在车内与董事长一对一地交流关于车内音响设备时的情景。

　　虽然只要求我演示三分钟左右，但董事长似乎对声音抱有浓厚兴趣，问了很多问题。他不停地问："上了年纪后，也能听到同样的声音吗？"或"开车的时候，也能听到这么好的音质吗？"

　　可能是因为我不再感到紧张、认真讲解的缘故，董事长不停地点头，认真听我讲解。当我们下车的时候，时间已经过去了十多分钟。围在车子四周的上司和同事们都提心吊胆地注视着我，眼神像是在说"你们到底聊了什么呀"。

对每一个来访者说明音响样品的功能，并倾听人们对于声音的感受，这项工作非常有意义。因为，即使听到相同的声音，每一个人说出的感想也是完全不同的。

"原来这个人是这么理解的呀。"

"原来这个人对声音有这样的感觉啊。"

通过这些差异，某个方面就会清晰起来，接着提出假说，然后由技术员将其落实到技术研发中。为什么得倾听这么多人的感想呢？这是因为该研究所的最终目的是研发出人们欣赏音乐时所利用的技术。这就是与大学研究员不同的地方。我从小幡所长那里学到了这一点，后来，我才意识到，这才是以顾客为起点的商品研发。

小幡所长还教会了我一种习惯，那就是：无论多忙，回家之后一定要听一个小时的音乐。要培养出辨别声音的能力，只能多听好听的音乐。我也模仿这个习惯，每天起码花一个小时认真听音乐。因为回家很晚，我就利用早上的时间。当时，研究所是八点开始上班，我早上五点半出门，六点半到单位。打扫完办公室之后，每天从七点开始，我就在视听室听整整一个小时的音乐。

音乐研究所大约有一百五十名技术员，其中半数以上的人平常就很喜欢接触乐器或音乐。研究所里设有实验录音室，工作结束后，喜好乐器的员工们会聚集在一起，认真练习乐队的音乐。他们还曾在圣诞派对和忘年会上进行演奏，并给自己组的乐队起"爵士乐爱好者协会""音乐研究乐队"等土里土气的乐队名。

重现母胎环境

我所在的第一研究室大约有二十名技术员，我着手做的第一个项目是车内音响。

读者朋友们是否了解管乐器的历史？最初的管乐器是从直管开始的，管的形状在发出声音时发挥着重要的作用。

当时，音响发烧友中，有人将又粗又长的管道扬声器铺在音响室的地板下，播放出朗朗的重低音，实现了音乐环绕的空间效果。于是我就想，如果把这种方法用到车内音响上的话，会不会产生舒畅的低音呢？

这么想的原因在于我对音的记忆。我坚信《春天，来吧》和《红鞋子》之所以会唤起自己特别的情感，是因为我在胎内听到过这两首曲子。车内与胎内不是也很像吗？将管式扬声器安装在车座下面的话，不就可以制造出如同在胎内听到的那种"舒畅的低音"环绕的音场（声音存在的环境）了吗？这就是我当时的想法。

为什么说是"舒畅的低音"呢？因为，我通过一篇学术论文了解到，在某个大学的研究课题中，科研人员将麦克风放入母亲的子宫内，收录了在胎内真实环境下的声音。数据结果显示，胎内拥有非常丰富的低音，而声音越高，音量就越微弱。母亲的血流声、说话声、母亲听见的声音都一起变成低频率范围的声音传递给婴儿，这样一来，婴儿在母亲羊水内的十个月，一直被低音包围着，舒舒服服地成长。

从呱呱坠地、尚未睁开眼睛的时候开始，婴儿就对与胎内环境相同的舒畅感拥有深刻记忆，然后才慢慢接触到外界各种各样的刺激。长大之后，我们听到树木的响声与起伏的波涛声时，对这种自然的声音感到心旷神怡，可能就是因为它们与胎内环境相似——通过那个大学的研究，我了解到了这些知识。

我将这件事说给小幡所长听的时候，他这样问我：

"'舒畅'这种感觉可以测量吗？"

所长这个问题将我大学时代所从事的人体节律研究直接与音响研发工作联系在了一起。

"舒畅感可以表现在比如脑波、心律、皮肤电位以及皮肤表面温度等方面。大学时期我曾经测量过生物信号，所以比较了解。"

听我这么回答，小幡所长说："哦。很有意思。那我们试一试吧。"

此前，研究所主要测量的是声音的物理特性，现在开始测量人类对于声音的反应——"生物信号"了，主要包括脑波、呼吸、心律、皮肤电位、面部温度等。

我请研究所的人逐一做实验对象，收集了大量数据。

我选好自认为"大家肯定会觉得好听的"声音后，请他们听，但是没能得到想要的测量结果。我仔细调查出所有能想到的因素：声音的组合方式、实验时的条件、实验对象的音乐喜好以及身体状况等，然后继续进行实验。

有一次，我被小幡所长叫去问道："小川，那个实验怎么样了？"

我回答道："结果不是很理想。设想的诱因还没有找到。不过，有一点搞清楚了。那就是，即使持续发出让人觉得舒畅的声音，人们也不会表现出很明显的变化，但是切换让人舒畅的声音和让人不畅快的声音的时候，就会引起体内的变化。"

我本来以为，他肯定会因与期待结果不符而感到失望，然而让我惊讶的是，他竟然十分高兴地说："嗨，这不是很了不起的发现吗？人们活着可不是靠绝对评价，而是靠相对评价，不是吗？"小幡所长的话给了我新的启发。

很久以后，来研究所录音室玩的作曲家吉松隆先生在他的著作中写道："声音具有位置能量，这个位置能量发生变化时，人类的大脑把它理解为快感。"而我的实验结果确实证实了这一点。

仿佛回归胎内的"PANA CAPSULE"空间

受到小幡所长这句话的启发，我开始每天寻找能够实现舒畅低音的量、质以及它们之间的平衡。我最终找到了答案：要实现胎内那种舒畅感，需要四点三米长的管式扬声器。

然而，将它搭载到汽车上的时候，却遇到了困难。我和汽车制造商商量，得到了如下答复——"车子本来就没有能搭载这么大物体的空间"。

负责车内音响设备后，我才了解到汽车这个东西的构造是多么合理。在那么小的移动空间中，完美地集中了各种构件和零部件。我充分理解了为什么分配给音响的空间那么有限。

于是，我就想："如果这样的话，将轮胎从汽车上卸下来，创造出一个搭载管式扬声器、能够听到舒畅音乐的小空间，不就可以了吗？"于是，我改变思路，继续着手研发。最初的样品又短又粗、形状扭曲，基本不是听音乐的空间应有的外观，不仅如此，我还给它涂上了蓝白两种颜色。所以，当我把它展示给小幡所长看时，他开口便说：

"这是什么呀？这是研发出了哆啦A梦吗?"

我把长度四点三米的管式扬声器贯穿在这个"哆啦A梦"的下面，在前方将声音开口处按一百八十度折弯，这样播放出充满整个小空间的重低音，能让整个身体都能感受到空气的振动，实现了胎内声音环绕的效果。在这期间，我发现了一个非常有趣的现象：当我进入这个小空间的时候，会有一种特别的感觉。

这是为什么呢？通过查阅文献，我逐渐了解到，人类有重返胎内环境的这种本能。比如，年幼的孩子会把小的壁橱作为秘密基地，长大后会宅在自己专用的书房，或是在两张榻榻米大小的茶室里创造出一个属于自己的小宇宙等。据说，人们渴望在这种被包围的空间里寻求某种难以言表的安心与平静。

在这个"哆啦 A 梦"里面，这种特有的本能估计也在发挥作用吧。

此后，研发不断推进，"哆啦 A 梦"不再仅仅是扬声器，还加入了电视机，里面的椅子换成了按摩椅，空调也提高静音功能安装了进去，使"哆啦 A 梦"摇身一变成为个人影院。看电影时，其临场感和感染力使人感觉就像一个人的电影院；看音乐视频时，则感觉就像在演唱会现场一样。我还幻想，这种东西如果每家都有一台的话，大家应该都会非常开心吧。

后来，这个"哆啦 A 梦"的设计被改进得更加时尚，被称作"PANA CAPSULE"，作为小型高性能的 AV 空间商品，由后来成立的声音空间事业推进室开始接收订单并投入生产。

我亲自将 PANA CAPSULE 带到日本和美国的汽车制造商那里展示，在 4S 店展厅陈列并接收订单。然而，进展并不顺利。

不过，有个营销负责人觉得这个东西很有意思，非常喜欢，订了几台装在大型客船上。密封舱里面还安装配备了大屏幕电视机，既可以自由地放大音量看电影，也可以排除噪声，安静地欣赏音乐。PANA CAPSULE 原本是以汽车作为模型研发的，最后在船上找到了它的存在价值。

PANA CAPSULE
因追求在胎内一样的舒畅感而诞生的 PANA CAPSULE。在地板下安装了四点三米的管式扬声器，实现了立体声环绕效果。

乐器型扬声器

　车内音响设备以重现胎内环境为目标，而我们却制造出了意想不到的产品——双管道（铜管乐器型）扬声器。

如五十一页照片所示，这种扬声器形状类似乐器，非常独特。

在研发车内音响设备的不断尝试过程中，我突发奇想：如果汽车的地板下没有足够的空间，那么像喇叭一样将管子部分折叠使之缩小会怎么样呢？于是，做个乐器型扬声器的灵感就这样产生了。之所以有这个灵感，可能是因为乐器形状的扬声器发出的声音本来就比较好听吧。

现在的铜管乐器的起源可以追溯到喇叭筒形的喇叭。瑞士的民族乐器阿尔卑斯长号的直线形木管比人的身高还长，由动物的角制成的号角演变而来。其本来目的是通过较长管道将较小的声音放大，以便传得尽可能远。将这个长管一圈一圈折叠的话，就会变成那种便于携带的圆号、大号管乐器。

我想，如果将贯穿在密封舱下面的长管折叠，做成管乐器的形式，那么通过折叠方式和形状应该可以再现丰富的低音。

音响研究所的一个优点就是，有了设想之后，可以马上进行实验。

我立刻与设计师商量，准备了大量的草图，并把标示为螺旋状或蜗壳式等各种折叠方式的草图贴满研究室的一整面墙壁。在确定设计的过程中，我们征求了包括新员工在内的许多人的意见，而我的回答当然是"铜管乐器型是最好的"。

为了实现目标音质的物理特性，我一边以设计草图为基础，将它调整到实际大小，一边在重复进行电脑模拟处理的老员工旁边，亲眼观察并体验堪称技术与艺术完美融合的创造过程。乐器形状因动听的声音而变美——我在音响上也感受到了这一"自然的规律"。对此，当时的音响评论家经常使用浪漫这个词来形容乐器型的扬声器。我也有了一种奇妙感觉——技术追求到极致就是艺术。

设计确定下来以后，终于开始进入产品制造阶段。但试制阶段非常不容易，因为，这是一种把长管折叠起来做成的复杂铜管乐器型的扬声器，用传统扬声器的那种木工

声音空间双管扬声器

它的形状独特，采用了铜管乐器型设计。上面还
涂饰了汽车专用金属红（图左），被选为纽约现
代艺术博物馆（MoMA）的永久收藏品。

制作工艺自然行不通，而且要做大批量生产的模具也不容易。试制室的负责人拜访了各家制造厂后受到启发：可以用制造汽艇的特殊树脂"纤维强化塑料"来生产。试制环节结束后，终于到了音质评价阶段。

结果，音质效果超出预想。于是，这个铜管乐器型扬声器被命名为"双管扬声器"。我们克服了生产方所说的"制作难"这个障碍，创造出了世上罕见的独特形状。

产品最终完成之前，小幡所长给我的最后一条指示是："小川，你可以涂上自己喜欢的颜色。"

机会难得，我回答说："颜色也要选最独特的。"这也是进入公司以来小幡所长教会我的哲学。我选择的是汽车专用涂漆——意大利汽车制造商兰博基尼使用的金属红，这种颜色的扬声器在世界任何地方都找不到。

这款冠以 Technics 品牌发售的扬声器获得最佳设计奖，而且还入选了被誉为现代艺术殿堂的纽约现代艺术博物馆（MoMA）的永久收藏品。

超薄扬声器的研发

　　小幡所长没演奏过乐器，但拥有卓越的绘画才能，尤其对素描的擅长到了令人吃惊的程度。有很多次，他将大脑中浮现出的灵感绘成设计草图，于是就成了产品研发的起点。

　　"今后电视机会变薄，到那时，扬声器也必须变薄。在变薄的同时，还必须再现演奏厅里管弦乐齐奏瞬间的感觉，也就是那种扩展到整个空间的空气振动以及身体被音乐环绕的舒畅感。"小幡所长说道。

　　之后，研究所正式开始着手研发超薄型扬声器。小幡所长通过草图描绘的超薄型扬声器尺寸为：高、宽各一米，厚度仅五厘米。按照当时的标准来说，传统观念的高性能高保真扬声器就是"大而重的四方形箱子，价格昂贵"。

　　然而，他提出的却是一个难题：即使变薄也能实现类似演奏厅那样的空气振动，播放出丰富的重低音和真实的临场感。

请想象一下乐器形状，那样可能更好理解。同样是弦乐器，偏小的小提琴适用于发出非常高的声音，而大到演奏者必须站起来才能拉的大提琴则发出非常低的声音。

扬声器的原理也是一样。为了更好地发出低音，就需要较大的"箱子"。

但这次的任务是，要让厚度五厘米的扬声器发出演奏厅里那样丰富的低音，当时我们都认为这项任务太不现实了。

就这样，我们开始挑战研发前所未有的超薄型扬声器。

一共有八个人参与了超薄型扬声器的研发，大家分别负责基本设计、材料、外部装饰等方面，我的职责是音质评价。一方面，我非常感谢公司让我这个新员工负责决定音质，另一方面也感受到了巨大的压力。

音响研究所里有几个非常有意思的房间。其中一个就是高性能无音室。通过设计，使声音完全不能发出声响，所以这个房间被用于测量扬声器等的物理特性。整个房间的墙壁是以浅绿色玻璃棉（用玻璃纤维做成的棉状素材）做成的楔形防音材料构成的，一有什么声音，该墙壁当即就可以吸收掉。而无音室旁边有一个大型残音室，这房间会将作响的声音持续留存三十秒。

此外，还有一个特别的实验录音室。它采用的是高标准正规设计，正规得像唱片公司的录音室那样。研究所当时也做 Technics 的电子乐器（Technitone）的音源研发，所以还拥有作为音源的施坦威大钢琴以及专业演奏家用的高价组合鼓等乐器。

此外，还有与收录录音室相邻的混频录音室，里面配备有由海外制造商制造的拥有数十个频道的调音台、卷盘磁带、监听功率放大器等设备。评价声音时，我使用过这边的录音室。

我的工作内容之一就是使用这些测量室或录音室，测量扬声器样品所发出声音的物理特性，进行试听，并创造条件提升音质。在研发高峰时期，我每天都不能离开这些房间。

超薄扬声器的研发大约持续了一年半。

为了使五厘米厚度的扬声器发出演奏厅里那样的空气振动以及丰富的重低音，我们最后发明了"大面积振动板"这一世界最新技术。将发低音的振动板面积扩大，做成平板。为了使这个表面积很大的振动板不扭曲变形，并准确运转，我们设置了四个驱动点（磁石·声音线圈）。通过这种方式，用最低限度的动作就可以获得充分的音压。

在此过程中，我们尝试着运用了各种原理。

五十七页的图是扬声器发出声音的机制。首先，声音的电子信号被发送至由磁石 S 极和 N 极形成的磁场线圈内，产生一个力。然后，这个力产生的振动会通过振动板放大，从而使空气振动产生声音。

我们的耳朵通过鼓膜将空气的振动作为声音进行识别。这个振动是沿着空间传播的波（波动），其周期被称

音响设备的剖面图

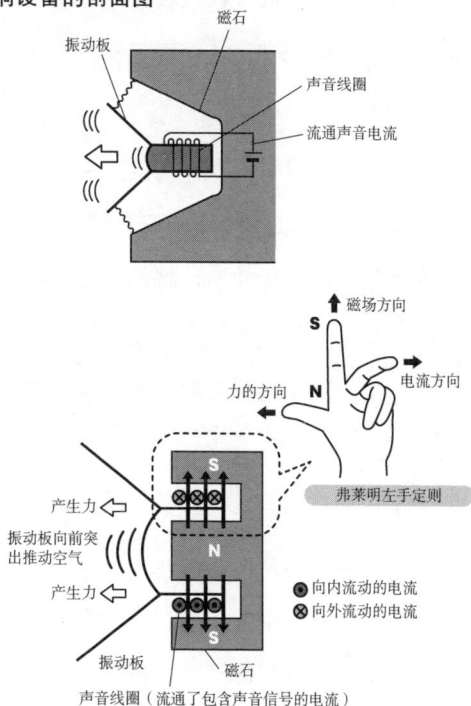

扬声器的发声原理有几种方式，其中以磁场力发声的方式比较广泛。简单来说，扬声器就是由线圈和磁石、振动板组成。(上图) 声音电流经过声音线圈，通过线圈和磁石之间产生的电磁力发出声音。具体来说，从磁石中心的 N 极向外侧的 S 极流过磁力线，如果包含声音信号的电流流过声音线圈，电磁力将起作用将振动板向前推。这时就会通过振动板的震动传递声音。这个原理通过弗莱明的左手定律也可以理解。(下图)

为波长。高音波长较短,低音波长较长。

要发出波长较长的低音,就需要足够体积的空气,因此,箱子也必须要大。

要想将箱子变薄,该怎么办呢?

于是,我想到了下面这种方式:在型号为四边长一米、厚度五厘米的扬声器尺寸中,将低音用振动板尽可能做成大的平面,即使很薄也能最大限度地确保里面的空气体积,并且使这个扩大了的平面振动板不会歪斜,可以准确地振动。

我们每天都在重复电脑模拟实验,反复讨论这个设想到底是否可行。试制也花费了大量时间和劳动力,但是模拟结果和实测值怎么也对不上。最后当所有成员都精疲力尽的时候,终于得到了这样的结果:将平面振动板的振动节点作为驱动点的垂直型四点驱动方式是最好的。

试听这个样品的声音后,我发现其声音的产生方式与此前的扬声器明显不同。声音的波面直接传到全身上下,就像在森林里被风吹拂一样,又如躺在海边被海浪拍打一般。

我心想，就是这个！于是一个人待在实验录音室里，反复进行各种测试。

怎样才能使现在感受到的这个声音可视化呢？如何才能落实到数值上面呢？用传统的规格是无法表现这种感受的。

我向资深同事表达了这个困惑，得到的建议是："要不要尝试一下测试声音的矢量？"于是，我将传统扬声器和这次研发的平面板的音响强度（考虑到声音传播方向的声音大小）进行了测试和比较，结果，就得到了预想的效果：从平面板发出的声音笔直地轻松穿透空气，"像飞驰的箭一样"呈现了出来。

我们向成功又迈进了一大步。

我对振动板的材质也非常讲究。

为了产生美妙、强有力的声音，最后找到的材料是壳质。所谓壳质就是在螃蟹的甲壳等东西里含有的成分。著名的斯特拉迪瓦里小提琴内部就使用了混合壳质的涂料，我在调查的时候了解到它对提高音质有很好的效果。此外，表面材料则使用了用于日本传统靛蓝的染料，防止褪色的同时还提高了振动板的耐用性能。

经过一年多时间，样机的数量超过了三十件。就这样，我负责的音质评价也获得了让人满意的结果。

音质评价专家

正如那篇《基于音响心理的音质评价》的论文内容所显示的一样，我所在的第一研究室室长木村阳一无疑是音响心理和音质评价方面的专家。我从木村身上学到了很多音质评价方面的知识。

在音响研究所的上司中，没有人像木村那样拥有传奇的经历。四十多岁的木村每天在公司内整整齐齐地穿着西装系着领带，完全看不出是爵士乐鼓手，但他却是使新奥尔良爵士乐在日本扎根并传播的开拓性乐队——新奥尔良无赖的创始成员。他年轻的时候，作为首次在新奥尔良演奏交流的日本人，受到广泛赞誉，并成为新奥尔良市的荣誉市民。

他进入松下电器公司以后，一直在音响研究所工作。在职期间留学，获得了印第安纳州普渡大学的音响心理博士学位。也就是说，人类在接收声音时的心理活动是怎样的，木村是这方面的专家，我在大学图书馆里读到的那篇论文写的正是这个内容。

音质评价，换句话说就是为了使音质"可视化"而对其进行测试。扬声器或功率放大器等音响器械可以从两个方面进行可视化，即实际测定的物理特性以及人类耳朵听到的感性评价。

所谓物理特性，是指它具有周波数特性或位相特性等特点。

感性评价有几百个"音质评价用语"，某些声音就用它对应的形容词来表达。比较简单的评价词语有"声音欢快/阴郁""声音温暖/冰冷""声音清晰/模糊"等，此外，还有大量的专业术语。

音质评价的工作就是找到这种物理特性和感性评价之间的相互关系。比如，研发新扬声器的时候，做了 A 和 B

两个样品的测试，A样品"产生的声音最深沉，但是声线非常细"；B样品"声音不够深沉，但声音轮廓一条一条非常明晰"。那么，实际上A和B的物理特性有什么不同呢？音质评价就是找到它们之间的相互关系。

我们在音响研究所创造的产品有明确的目标，那就是用人耳去听时，同时具备"在音乐厅听到的强有力的临场感和空间的深度感"以及"一条一条的声音轮廓"。那么，能达成这个目标的物理性能是什么呢？为了向研发团队反馈该物理性能，我每天不停地听样品的声音。

正因为木村本身曾经是一位演奏家，所以他能用语言充分地表达物理测试所获取的不同数据之间的声音差异。

曾经发生过这样一件事情。

其他厂家的扬声器中有一款声音很棒的产品，然而用物理特性对它进行分析后却发现，无论怎么看，测量结果都输给我们的扬声器。

在测定数据方面，有些扬声器规格出众，但通过人耳来听的时候，评价并不好。找出造成这种现象的原因就成了我们讨论的出发点。耳朵听到的声音差异和测量出来的数值差异，两者之间到底是什么关系呢？这一点至今没有被彻底研究清楚。而我从音质评价团队中学到了这整个思考过程。

音响器械的评价在很大程度上受第三者评价所左右。

研究所会邀请顶级音响评论家来试听音乐。比如，评论家评论说，某个扬声器中贝多芬的第几曲第几乐章的某处中乐器演奏出的声音是如何的美妙。而这对应着我们所拥有的数据中的哪一部分呢？木村领导的音质评价组成员们一直在研究这个问题。如果不同时了解音乐和技术这两个方面，不可能进行这种分析。

如此煞费苦心的结果是，超薄隐藏式音响（第三十三页的照片）在一九八八年作为 Technics 品牌旗下产品开始发售。让我兴奋的是，其第一台产品就被引入了著名的维也纳国家歌剧院。在歌剧院的正式演出上，管弦乐团演奏音乐，歌剧演员伴随音乐歌唱，但是为了彩排而特地请管弦乐团奏乐是很难的。因此，歌剧演员彩排的时候就需要有替代品来替代管弦乐团。于是，超薄隐藏式音响就成了这个替代品。安装在彩排室的歌剧院超薄隐藏式音响现在依然发挥着作用。

我们创造出了能够代替歌剧院管弦乐团的扬声器，因为它确实实现了音乐厅的空气振动效果。长期以来的努力有了收获，并且受到了海外广泛好评，这让我喜出望外。

接着，通过这款被用于维也纳国家歌剧院的超薄隐藏式音响 AFP，我们又开始向改变日本居住空间这一大项目发出了挑战。

第四章

在汐留的绚烂青春岁月

在"生活实验剧场"东京 P/N，扬声器系统的记者招待会上

音响研究所是研究所，而不是事业部。研究所负责基础技术，而与消费者直接接触的事业部则负责将技术转化为商品。

比如，在研发铜管乐器型的扬声器时获得的技术还被应用到了电视机上。

将笔直的金属管折叠，做出高效率扬声器，然后，通过此项技术，让电视机也实现了具有感染力的重低音效果。

超薄隐藏式音响（AFP）被维也纳国家歌剧院采用了，而我们的下一个目标就是广泛应用这一技术。

创造乐享声音的居住空间

该技术具备研发的可能性在于，可以在房间的墙壁上嵌入扬声器。

这里是发出低音的模块，那里是发出中高音的模块，这里是反射墙模块，那里是吸音墙模块……将这些组合在一起，然后作为住宅建材的一部分。譬如，以高、宽各九十厘米或高四十五厘米宽九十厘米的规格将音响建筑材料铺开，在住宅内部打造出音响室，在居住空间里充分发挥AFP的作用，这就是我们的新项目内容。我想，对于从一九六一年就开始销售房产的松下集团来说，该项目也是将来所必需的。

为了把近年研发出来的音响新价值推向世界，研究所在一九九〇年设立了一个总人数为二十人的新部门。

该部门叫作"声音空间（Sound Space）事业推进室"。

部门成员全部是研究所的老员工，但他们都立志成为新事业的"孵化器"。

比如说，想把AFP做成墙面并使之完美发出声音，就要考虑整个居住空间的天花板墙壁或地板的材质和结构，而这些也是我们的研究内容。

但是，仅有对声音的研究还远远不够，必须实际建造出这种房间，并作为住宅建造起来，然后请外行人听里面的声音并作出反馈。于是，我们利用东京汐留①的地块，真的建了这么一个剧场供实验用。

"生活实验剧场"东京 P/N

东京汐留的那块地方原本是老的国家铁路货物站，面积很大，后来被重新开发为汐留商圈，高楼大厦鳞次栉比。作为整个松下集团的大项目，公司按一定期限租借下这片土地，并建造了这个实验剧场，分别选取 Panasonic 和 National 这两个品牌的第一个字母"P"和"N"，命名为"东京 P/N"，读作"东京 PAN"（パーン）。

东京 P/N 项目由当时的谷井昭雄社长主管。

整个设施可以称作是体验型展室。三层高的大楼里，消费者可以在里面体验松下电器的各种最先进的产品设计。不过，其中规模最大的是附设的音乐厅。

① 日本铁路事业的发祥地，现与台场等成为东京新兴观光景点。

该建筑采用模块化施工，其中一面墙壁全是扬声器，连柱子都做成了扬声器。其他的墙壁和天花板由扩散板和吸音板组合而成。第七十三页的照片反映的就是该情形。具有漂亮镶边的AFP覆盖了所有墙壁，组成了一个独一无二的音乐厅。

此外，我还提议，在住宅楼内建造一个十二张榻榻米大小的房间，并在这个居住空间内实际使用AFP。在房子的框架内部放入隔音材料和吸音材料，以铝为框架材料，把各个模块（AFP、收纳架或照明工具等）嵌入房间。天花板和地板也全部实现模块化。音乐厅也好，住宅也罢，都是我们亲自打造出的声音空间。

"东京P/N"被称为"生活实验剧场"，此外还配备了一百名讲解最先进技术的接待员。接待员被称作"演员"，他们在接待的同时，还要倾听参观者的心声。

这个实验剧场从决定建造到实际开放，仅用了一年时间。必须要确保音响性能和设计美观两不误。通过电脑模拟，决定构件材料如何进行配置。

设计是从根据草图建造模型开始的。我与设计师一起做出了二十比一的模型，嵌入包括 AFP 在内的各种音响材料模块，再放入音乐厅需配备的屏幕里。屏幕周围也全部做成扬声器，地板则利用废弃玻璃所生产出来的建材。此外，将以木头为基础材质的扩散板和吸音板嵌入天花板和墙壁上。

以此模型为基础，再通过电脑模拟，预测如何听到声音。

设计师和我们一起待在位于门真市的音响研究所实验室中，大家一边讨论一边反复进行模拟测试。如果模拟结果不如预期，就重新做模型。

模型完成后，马上就订购构件材料，并在汐留的现场进行组装。所有材料都是四点连接式，标准大小为高九十厘米宽四十五厘米。将这个嵌入格子内，后面放入吸音板和隔音板。

施工开始后，在如何水平嵌入模块这一点上，颇费了些工夫。地板上有些地方无论如何都不平整，只好重新浇灌混凝土。如果地板不平整，AFP 根本放不进去，声音也就无法顺利播放出来。

在长达数月的施工过程中，我们声音空间事业推进室的成员一直住在汐留附近的酒店，每天都去现场。我也戴着头盔，去现场进行作业。

令人振奋的开业

音乐厅有大约不到五百个观众席位。该音乐厅可以使用 AFP 与艺术家共同演出。

开场前，我们听到了实际的声音效果。

本书的读者朋友当中，可能会有人喜欢下面这种感觉：在容纳两千人的音乐厅里，坐在从前面数第十排左右的座位上，然后一百五十人规模的管弦乐团同时发出声音。

当时，我们坐在东京 P/N 还包着塑料薄膜的座位上听到的正是这种声音。

嘭、嘭——发出声音的那一瞬间，风压、气压、空气振动，以及让人恨不得浑身汗毛都竖起的声音震撼了所有人。

东京 P/N 音乐厅（上图）
一侧墙壁全是扬声器（下图），这种闻所未闻的空间。柱子也是由扬声器做成的。

就是这个！这就是我们梦寐以求的声音！

一九九一年三月十六日，"东京 P/N"开业，邀请了众多艺术家来到这个整面墙壁都使用 Audio Flat Panel 的音乐厅，召开实验性的音乐会。

比如说，现代音乐家兼艺术家克里斯蒂安·马克雷（Christian Marclay）和大友良英等音乐家以及 DJ 们一起"演奏"了东京 P/N 音乐厅里呈螺旋状排列的一百台黑胶唱机 SL－1200，铺满音乐厅墙壁的扬声器中传出其复合声，整个音乐厅被前所未有的声音所环绕。

除了马克雷之外，极简主义音乐（Minimal music）的代表作曲家特里·赖利（Terry Riley）、英国的工业音乐（Industrial music）及酸性浩室舞曲（Acid house）组合心灵电视（Psychic TV）、由亚历克斯·帕特森（Alex Paterson）率领的氛围浩室舞曲（Ambient House）组合球体（The Orb）等也在东京 P/N 进行挑战，利用壁面扬声器进行了实验性现场演出。他们和壁面扬声器共同创造出的声音，给当时的前卫音乐家和艺术家带来了很大影响，至今仍被人们津津乐道。

虽然从一九九〇年初首场交易开始，股价开始下跌，世界财富涌入日本导致的资产泡沫已经破裂，但泡沫经济时期的气氛还在延续。进入曾是货物站的汐留，沐浴在温柔的海风中，我心里想的是：只要不断挑战，一切皆有可能。

伴随着这个东京 P/N，我二十多岁的青春时光也即将流逝而去。

公司风向改变

正在此时，公司迎来了一个巨大的转折点。

一九九三年二月，泡沫经济已经破灭，日本经济发展势头急剧恶化，松下电器也以更换社长为契机，公司氛围开始发生变化。此前的项目不断被整顿或撤销，仿佛整个一线都陷入了停顿。

这一时期，公司作出了一个重大决定——出售电影公司 MCA，这一点我将在后文提到。

不仅如此，试图将丰富多彩的声音纳入人们生活中的

"声音空间项目"也在某一天突然被解散了。我大学毕业后就进入公司从事这个项目，现在即将进入而立之年。为了这个项目，我奉献了自己全部的青春岁月。

第五章

项目解散人失意

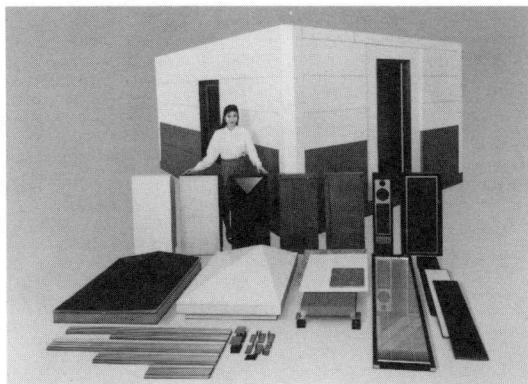

声音空间事业推进室研制出的音响建筑材料(模块)

一九九三年八月，声音空间事业推进室的二十名成员被召集到一个房间里。据说是室长有话要说。至于他要说什么，我无从得知，但预感应该不是什么好事。

　　室长表情凝重地进入房间，对我们就说了一句话：

　　"声音空间事业推进室本月末解散。"

　　随后，应该还接着详细介绍了现在的音响市场动向、公司经营状况等情况，但具体内容我已经无从想起。高举理想目标而发展至今的项目瞬间消失，所在部门也解散了。我因受到的打击过大，当时的记忆就像被迷雾笼罩一般，模糊不清。

　　与此同时，音响研究所的氛围也在改变。

　　一起工作的同事们接二连三地离开了研究所。与影像相比，声音处理的信息量较少，数字化的影响最先波及声音事业。因此，拥有数字化技术工作经验的技术员们都调到了与影像相关的事业部，公司资源分配开始从声音转到了影像方面。

"小川，我们回归普通生活吧"

在这个项目解散的同时，小幡修一决定辞去所长一职，据说是调到总公司直辖的技术本部做技术总监。我在自由的研究所每天接受小幡所长的熏陶，从充满梦想的二十多岁开始，沿着音响这一轨道全速奔跑至今。然而，这位巨星却马上就要离开这条轨道了。

最后一天，在离开研究所之前，小幡所长给员工们留下了这么一句话：

"我们人数如此之少，但却绽放出了最绚烂的烟火！"

PANA CAPSULE、双管扬声器、超薄隐藏式音响以及东京 P/N……我们确实挑战了众多富有独创性的、前无古人的技术研发，并取得了丰硕成果。回首来路，从进入公司到现在正是第八年，我感受到了自己所从事的工作意义之重大。正因为如此，今后我也一定会秉持这一信念，继续努力下去。我认为，他的话就是在这么激励我。

可是，新任所长对我说的话却让我受到了打击：
"小川，我们回归普通生活吧！"
回归普通生活？
……

至今为止，我发挥感性，思考音响世界里前所未有的东西，创造出了世界首创或者世界第一，价值巨大。放弃这些，回归普通生活？这是什么意思？

难道在旁观者看来，我一直都在做离经叛道的事吗？或者，公司状况已经沦落到了如此地步？

进入公司以来，我一直都是这么工作的，对我来说，现在就是普通生活。在声音空间事业推进室，和所谓的风险企业一样，一个人必须扮演多重角色，虽繁忙却充实。

虽然担任的是技术岗位，但是我也制作过销售宣传海报，撰写过营业指南，做过编辑和设计，思考如何撰写使用说明书，接待过消费者和评论家……正因为我在声音空间事业推进室干过策划、研发、市场运营以及公关等众多工作，并了解这些工作的基本要领，所以后来这些都对我个人发展起到了重要作用。

休息日，我主动去观看各种展览会。比如，在负责车内音响时，为了尽量多了解一下汽车本身的情况，我还专门从大阪去东京，观看了东京车展。

为了提高对声音的感性认识，我还参加了各个领域的娱乐活动。我喜欢观看摄影和绘画作品，还热爱逛街，世界的最新潮流都是我在逛街的时候学到的。甚至在饮食领域，我都一直在感受音乐。

所有这些外部刺激全部都与我的声音工作密切相关。

为了实现创造出非凡的声音空间这一梦想，我一直在拼尽全力。难道我的这种价值观对这个公司没有任何意义吗？难道我不能为社会做出贡献吗？

我感觉自己像是进入了一条漫长而漆黑的隧道。

对"普通"研究员的要求是什么呢？或许，对于公司来说，可能要求员工要着重眼前，要务实，要灵活，具有合作性。我一直相信声音领域应该会重视感性，并拼命努力到现在。然而，现在我却不能做自己想做的事了。

"要不要试一下爵士乐"

部门被撤销后，某一天傍晚时分，在死气沉沉的单位里，我一个人留下来，漫无目的地弹奏着电子琴Technitone。

大学毕业到现在，七年过去了。我已经三十岁。

就像我在序章中写到的一样，每个人都有关于声音的宝贵记忆。对于我来说，那就是在妈妈肚子里听到的《红鞋子》和《春天，来吧》这两首歌曲，以及小时候爸爸用客厅的音响听的爵士乐。我一直非常重视这种音的记忆，并以音为生活重心生活到现在。而且通过这七年在音响研究所的生活，我体会到了音乐和演奏音乐的音响器械，也就是软件和硬件各自的重要性。我甚至觉得，自己研发的音响器械或许可以产生或唤起人们对于音的宝贵记忆。

我一下子失去了工作目标，并且迎来了三十岁这一女性人生的转折点。

这也是一个该做出选择的年龄。到了这个年龄，我开始经常听到学生时代的朋友或一起进公司的同事讨论关于结婚生子的话题。

我自己也有想要结婚的想法。看到我意志消沉，妈妈很担心，劝我去相亲，我也去了。

在公司里，我寻找被认为是"普通"的工作主题。一番绞尽脑汁之后，我想到了空间中的声音与听者之间的相关性和音场控制实验。这些的确是我非常感兴趣的研究主题，但是此前波澜壮阔的日子就像做梦一般，如流水一去不复返。于是，一个想法在我心中日益强烈起来。

要不，辞职吧……

我情绪高涨，继续弹奏 Technitone。曲子应该是"天气预报"乐队（Weather Report）的《群鸟之地》（*Birdland*）。

我感觉周围一切都非常美好。

这时，一个身影从对面阴影处走了过来，步伐坚实有力。

"是你在弹呀，挺好的嘛！"

原来是我的上司，爵士乐鼓手木村阳一。

"下次一起演奏吧！"

啊？

"我说的是爵士乐。要不要一起试一下？"

这个……

曾根崎新地有个"小场子"，木村每周六都在那里演奏。他的意思是，邀请我在那里演奏爵士乐。

就这样，失去项目而倍感沮丧的我决定第一次当众进行爵士乐演奏。

演奏者只有我们两个人——鼓手木村以及长期以来把爵士乐弹着玩的钢琴手小川我。

这怎么可能啊？木村先生。

第六章

你所需要的就是爵士乐

一九九八年我的首次个人演奏会以 C D 形式
发行。图为该唱片的封面照片，由比我晚进
松下、现在研发 Technics 扬声器的同事拍摄

作为爵士钢琴家首次登台

这个仅有钢琴和鼓的乐队成了我作为爵士钢琴家的起点。

正当我失去工作目标，对人生充满迷茫之时，木村突然给了我一个新目标——两个人一起现场演奏。木村一边在松下电器任职，一边作为爵士乐鼓手工作，每周六还会去大阪梅田的一家叫作"新三得利第五酒吧"、简称为新三的酒吧演奏。

年龄相差两轮的男女两个人在顾客面前演奏。钢琴和鼓的组合非常罕见。两个人都唱歌。真的很开心快乐。

木村所属的新奥尔良无赖乐队的演出地点——新三得利第五酒吧——是一家一九七〇年开业的爵士乐老酒吧，位于曾根崎初天神路沿街建筑的五楼。可以容纳三十人的酒吧长柜台，因大阪爵士乐爱好者的存在而热闹非凡。酒吧原来的老板娘（现在店主的姐姐）一边培养大阪的爵士乐演奏新人，一边经营店铺。她现在已经去世了。木村第一次带我去这家店时，老板娘还鼓励我说"在我们店里弹一次吧"。

参加工作的这七年以来，我一直忙于工作，除了偶尔作为兴趣在公司内部乐队演奏之外，从来没有认真弹过钢琴。

一九九三年十二月。第一次现场演奏的日期确定了下来。

当天演奏的曲子定为爵士标准曲（standard jazz）和拉格泰姆（ragtime）。那时，我擅长的曲子非常有限。说实话，现在回想起来，我都觉得自己当时表现很不俗。拉格泰姆是一八九〇年前后产生于美国的一种钢琴爵士乐形式，它打破了些许传统古典音乐的节奏，是一种"确实具有时滞感"的音乐。如果我说被誉为拉格泰姆之王的斯科特·乔普林的《演艺人》（*The Entertainer*）［电影《骗中骗》（*The Sting*）的主题曲］，也许有人就会明白。这位乔普林把所有乐谱都留了下来，即使是学古典钢琴的人，只要看了乐谱也会弹，这样的拉格泰姆正是爵士乐最早的前身。当时我还非常应景地选了与十二月相称的圣诞曲子。

每到周末我就全神贯注地练琴，有时会从早晨一直弹到晚上。

很快就到了现场演奏的日子。

客人大概有二十到三十人。无论如何，我希望眼前的这些客人可以从聆听我们的演奏中得到享受。抱着这种想法，我倾尽全力进行演奏。虽然不知道完成得如何，但演奏结束后客人们发出雷鸣般的鼓掌，那种喜悦无以言表！

演出结束后，老板娘对我说："很不错啊！今后请继续努力！"当然，她心里肯定想"还不够好"，但至少我能感受到她对我的期许。

虽然当时非常紧张，但如果没有这次经历，我之后的进步也就无从谈起。不是满足自我的表演，而是请别人听，并让倾听者感到喜悦。这种打动人心的感觉果然必须在众人面前体验过才能明白。

自从这次首场现场演奏之后，我每个月都在这家店进行一次现场演奏。我一边工作，一边作为爵士钢琴家登上了小小的舞台。

哈莱姆跨奏

人生中第一次作为爵士钢琴家的现场演出结束以后，从此我一头扎进了爵士乐的练习中。鼓手木村的演奏风格是新奥尔良爵士乐，即所谓爵士乐的古典风格。

爵士乐也有很多流派。大学时代，我在社团里演奏或是听到的是诸如摇摆乐（swing）、爵士标准曲（standard）、现代爵士乐（modern）、融合爵士（fusion）之类的流派，在那之前没怎么听过新奥尔良爵士乐。

学习古典钢琴的时候，一般是追溯历史，从其源头开始学习。我三岁开始学习古典钢琴，先从巴赫开始，然后是莫扎特、贝多芬、肖邦和李斯特，按顺序先后学习巴洛克、古典派、浪漫派，最后是现代音乐。新奥尔良爵士乐的地位相当于古典音乐中的"巴赫"。木村告诉我"爵士乐的起源就是新奥尔良爵士乐"。

"从新奥尔良爵士乐入手，系统性学习比较好。既然你弹奏古典钢琴曲已如此精湛，我觉得初期爵士钢琴中有很多值得学习的东西。"

木村这样建议我。被他这么一说，我才发现自己竟然没有认真学过爵士乐历史。于是，我开始好好学习自十九世纪末期以来的拉格泰姆和新奥尔良爵士乐。

古典音乐和爵士乐最大的差异是什么呢？明显的不同应该在于摇摆感，也就是以节奏作为基础。欧洲以白人为主创作出来的古典音乐和美国以黑人为主而创作出来的爵士乐，节奏完全不同。弹奏古典音乐时，我不会被乐谱所束缚，喜欢自由发挥。我看电视时用耳朵记住自己所注意到的动漫主题曲或电视剧主题曲，然后随意地弹出来。可能是因为这个缘故，从一开始，我就没有觉得弹爵士乐很难。或者说，我认为，这种音乐具有一种听了让人想跳舞的节奏感，是非常了不起的自由艺术。

其中，给我带来新鲜感的是叫作"哈莱姆跨奏

（Harlem Stride）"的演奏法。一九一〇年开始，爵士乐舞台逐渐从新奥尔良向纽约转移，人们开始采用"哈莱姆跨奏"这种演奏方式。而这，成了我爵士钢琴演奏的起点。

哈莱姆跨奏是从乔普林的拉格泰姆转变而来的演奏法之一，但两者风格却有天壤之别。拉格泰姆与古典音乐相似，还留有乐谱，与之相比，哈莱姆跨奏是一种具有强烈驾驶感的演奏方法，也许可以称为"一个人的大乐团"。左手演奏像鼓和低音大提琴一起产生的那种节奏和低音，同时右手演奏出像小号、单簧管、长号那样的旋律，就好像一个人演奏多种乐器一样。感受着自己身体的节奏和自己演奏出来的节拍，仿佛驾驶时人车一体的感觉。这就是它的风格。后来爵士乐领域的明星钢琴家们，如艾灵顿公爵（Duke Ellington）、贝西伯爵（Count Basie）、塞隆尼斯·蒙克（Thelonious Monk）和奥斯卡·彼得森（Oscar Peterson）等人也都受到了这个弹奏法的影响。

由于难度很大，现在连美国也很少有演奏者会哈莱姆跨奏。我的爵士钢琴完全是自学的，那些老唱片就是我的老师。标准曲虽然留有乐谱，但所有演奏者都是即兴演奏。而且，也没有可以确认当时手指动作的影像留下来。所以就只能听唱片，并牢牢记住，乐句也是先复制下来，然后一边摸索一边试着用钢琴弹出声音。不停地反复听唱片，然后转向琴键，用自己的手指和耳朵去确认。不通过身体用心体会，根本掌握不了。

重复听、弹、听、弹，心绪和身体越来越与音乐融为一体。最后，终于在一瞬间明白："原来是这么弹的呀！"爵士乐这个东西经常被描述为"花钱学不如偷学"，事实的确如此。

独自完成首场个人独奏会

作为爵士钢琴家，我经历了几个阶段。

一九九三年正式开始弹奏爵士乐钢琴以来，我印象非常深刻的是第一次一个人完成演奏会——"纪念乔治·格什温（George Gershwin）诞辰一百周年个人独奏会"。

定期在新三得利第五酒吧进行演奏后的第五年，在这个具有里程碑意义的一年里，我想留下可以成为自己人生的路标一样的东西。巧合的是，那一年刚好是美国音乐巨匠乔治·格什温诞辰一百周年。

格什温是二十世纪美国诞生的爵士乐巨匠，他既是伟大的钢琴家，也是作曲家。他创作的《蓝色狂想曲》，融合了爵士乐和管弦乐，应该是代表二十世纪美国的乐曲之一。格什温还亲自参与制作音乐剧主题曲和电影音乐等工作，不断创作出创新性曲目。三十八岁因脑肿瘤，英年早逝。

在学习爵士乐期间，我接触到了格什温的很多名曲。他也是一个深受哈莱姆跨奏影响的爵士钢琴家，对我来说，他既是我的学习目标，也是我特别喜欢的作曲家。

距我的个人独奏会大约还有一年的时候，我得知即将迎来格什温诞辰一百周年，特别希望在独奏会上演奏格什温的曲子。我自己策划了这个独奏会，自己预约音乐厅，连入场券和宣传单也全都是自己制作。这场独奏会从头到尾都是我一个人亲自完成。

决定好做格什温专场之后，下一步就开始着手选择乐曲。我做了一个列表，从中选出两首伟大作品：一首是

《蓝色狂想曲》，虽然这首曲子一人演奏的难度很大，但是我已经下了决心。另外一首是其中包含格什温代表乐曲《夏日》（Summertime）的美国本土音乐剧《波吉和贝丝》（Porgy and Bess），我决定将这部长达二十分钟以上的音乐剧完全通过钢琴独奏形式，自己改编后把它演奏出来。

我一边练习这两首伟大作品，一边开始考虑演奏会的会场选址以及如何吸引观众等问题。在哪个地方，用什么钢琴演奏，对于钢琴家来说是非常重要的事。我打听了大阪的几家音乐厅，还调查了一下到底是能容纳一百人的好还是两百人的好，等等。钢琴我选择施坦威的大钢琴，舞台空间必须要时尚。

其中，完全符合这一条件的是大阪北新地车站附近的"凤凰音乐厅（The Phoenix Hall）"。舞台后面镶着玻璃，晚上可以俯瞰大阪建筑的霓虹灯。其氛围让人想起格什温的出生地纽约，这点吸引了我。它可以容纳三百人。我平时演奏的新三得利第五酒吧坐满人也就八十多人，这里容纳的人数已经相当多了。

虽然我平时的想法一直是"就算只有一个客人，我也要为这位客人尽全力演奏",但真正预约好音乐厅之后,突然变得干劲十足——"好吧,我一定要邀请到三百位听众!"每张票价定为两千日元。新三得利第五酒吧的常客以及大阪迪克西兰爵士协会也帮我大力宣传。此外,我还邀请了小学、初中、高中以及大学时代的朋友、学长以及公司的同事们。也许是因为以上这些努力的缘故吧,让我高兴的是,独奏会之前,三百张门票全部售罄。

就这样,一九九八年九月二十六日,正好也是格什温的第一百个生日这天,"纪念乔治·格什温诞辰一百周年个人独奏会"拉开了序幕。在音效良好的音乐厅里弹奏着调好音的钢琴,我心情无比舒畅。令我自己都倍感惊讶的是,有的音在之前几百次的弹奏练习中,想弹却没能弹出来,但是那天却顺利地弹出来了。这充分说明,好的乐器和好的音乐厅毫无疑问会让人倍感幸福。当时和木村一起组织乐团的贝斯手石田信雄也作为嘉宾参加了两首曲子的弹奏,帮我暖场。

长达两小时的演奏会结束后,在我弹奏用的那架钢琴后面,不逊于纽约的大阪夜景徐徐展现于眼前。

《我的第一场独奏会（*My First Recital*）》
为纪念格什温诞辰一百周年而举行的个人
独奏会曲目被制作成 CD 发售。

　　这次独奏会上，有位"新三"的常客坐在最前面，恰
巧替我在数字录音带"Digital Audio Tape（DAT）"录了
音。后来我听了那盘录音带，发现自己当时全神贯注，演
奏相当精彩。虽然觉得有点不好意思，但还是决定把它做
成 CD 并取名为《我的第一场独奏会》，进行发售。唱片的
封面是木村夫人和其长子为我特别设计的。独自一人完成
所有工作的这一经历使我更加迫切地想要知道更多，想要

弹得更多。我打算，以后每到一个人生阶段，作为人生的里程碑都要举办一场演奏会。不过，这张唱片其实是我的第二张专辑，值得纪念的第一张是前一年以木村三重奏的名义制作的。

国际爵士乐盛典

一九九七年春天，木村邀请我说："一起去美国演出吧！"询问木村后得知，这个夏天会在印第安纳举办一次他曾就读的普渡大学同窗会。因为很多爵士乐老朋友会聚集在一起，所以我们打算借此难得机会自己录制爵士三重奏的 CD。

那时，石田信雄作为贝斯手成为定期在新三得利第五酒吧演奏的成员之一。他当时在广告代理公司博报堂工作。与木村一样，他也是新奥尔良无赖乐队的成员，在博报堂担任创作导演的工作，还负责松下电器的录像播放器"马克路德"的宣传。在这期间，我们三人作为"木村阳三重奏（YO KIMURA TRIO）"一起演奏。我们利用周末时间，在木村自家住宅的地下录音室里进行录音。木村夫人和其长子为我们制作唱片封面和CG。迄今为止，我所发售的CD中，有一半是我们在这个木村录音室里自己录制，并以YSJ厂牌发行的。

就这样，我们的第一张专辑《春天的回响》（*Echoes of Spring*）制作完成。我们三人分别将这些专辑塞满各自的行李箱，飞往美国。

我们在木村的同窗会上进行了演奏，木村将CD挨个送给久别重逢的朋友们。总共应该发放了几十张，谁知这张自制专辑后来竟然将我们再次邀请到了美国，这一点在当时压根连想也没有想到。

实际上，这次同窗会旅行之后，《春天的回响》被送到了佛罗里达爵士乐唱片品牌"阿伯唱片公司"老总的手中。据说，一对住在佛罗里达的夫妻是木村在普渡大学时的同窗，是他们把唱片给了该老总，并向他介绍我们说"有几位很有意思的日本人，他们对爵士乐充满热情"。

过了一段时间之后，这位老总与我们联系，他对我们三重奏的演奏很感兴趣。他说想邀请我们木村阳三重奏参加在佛罗里达举办的爵士音乐节——国际爵士乐盛典。当然不是邀请我们去看演出，而是非常希望我们在那里演奏，对此，我们也倍感惊讶。

二〇〇〇年三月，我们三个人抵达佛罗里达坦帕附近的沙岛公园（Sand Key Park）。爵士音乐节在喜来登酒店的舞厅举行。周末加上节假日，本来已是三连休，此外我又请了两天假，一共在那里待了五天。

国际爵士乐盛典上的演出人员都是业内佼佼者。超一流的音乐家有：吉他手巴基·皮萨列里（Bucky Pizzarelli）、钢琴家大卫·马肯纳（Dave McKenna）和迪克·海曼（Dick Hyman）、贝斯手米尔特·辛顿（Milt Hinton）、鼓手布奇·迈尔斯（Butch Miles）、单簧管演奏者巴蒂·德佛兰科（Buddy De Franco）、长号演奏者维克里夫·高顿（Wycliffe Gordon）、短号演奏者卢比·布拉夫（Ruby Braff）、次中音萨克斯管演奏者哈利·艾伦（Harry Allen）等，总人数将近一百人。他们都是我一直以来非常崇拜的演奏家，用棒球来打比方，这简直就是棒球大联盟级别的爵士乐人盛典。光是能在现场听到他们的演奏就足以让我兴奋不已，现在我们竟然能够在同一个舞台上演奏！几年前做梦都没想过的场景，不知不觉已展现在了眼前。

舞厅从早晨到晚上，凌晨三点都有各种乐团演奏。不停地聆听优质音乐，我好想永远沉迷其中，就这么一直听下去。从某种意义上来说，我所从事的音响工作是再现艺术，而应该再现的声音源泉、原动力就在这里。我再次体会到了音响工作的意义所在——将这些声音高水准地再现出来是多么重要。

此外，让人高兴的是，我在这里结识到了跨越弹奏法的钢琴家们，我们成了很好的朋友，如出生于德国的克里斯·霍金斯（Chris Hopkins）。后来，我跟他不仅在日本举办了钢琴二重奏演奏会，还在后面要讲到的 Technics 复出记者招待会上，请他一起在柏林的舞台上进行了演奏。

木村阳三重奏在舞台上演奏的时间是一个小时。我们准备的曲子以一九〇〇年到一九四〇年间的作品为主，还准备了用跨越弹奏法演奏的古典爵士乐作品。乐曲总共有八首。其中一首作品堪称古董。其 CD 只能从华盛顿史密森尼博物院拿到，我们拜托当地的朋友借到了那张碟，我们听了无数遍后做出乐谱，然后反复练习。这首曲子很可能连爵士乐铁粉级别的美国观众都没有听过。

我们全身心投入演奏，直到最后的乐曲杰里·罗尔·莫顿（Jelly Roll Morton）的《手指摧残者》（*Finger Breaker*）。演奏结束的那一瞬间，连我们自己都有种演奏非常成功的满足感。而随后发生的事使我们完全兴奋得忘记了自我——舞厅里听我们演奏的数百位观众竟然全部站了起来，为我们热烈鼓掌。会场立刻沸腾了。来自日本的我们发掘出连美国人都记不起来的古典爵士曲目，并进行了演奏，对此，他们感到非常震惊，对我们充满敬意，为我们送上了热烈的掌声。

"坚持弹钢琴真好。没有钢琴的话，现在的我不会站在这里。"

我打心底里这么认为。

我感觉，自己此前的经历似乎因此而全部得到了认可。也是在这个时候，我切实感受到了"从事音乐真好"的真正含义。

经历的一切让我变得坚信不疑——爵士乐已然成为自己生命的一部分。

一回到后台，我的眼泪就"唰"地涌了出来。长大成人后，我曾因为不甘心而哭过好几次，也曾因为感动而流泪，但是，因为高兴而哭成这样，这还是头一次。

"想不想在美国出道"

此后，我们连续五年被邀请参加了国际爵士乐盛典。因为参加这个爵士音乐节演出的缘故，一件意想不到的事情意外降临了——每年为我们协调推荐的阿伯唱片公司制作人冈纳·雅各布森想为我出 CD。而且，这是首次以日本人为主的专辑，除我之外其他都是美国一流的爵士乐手。我当时的心情是，先不管自己能否做到，一定竭尽全力去做。

二〇〇三年，作为"小川理子三重奏"（The Michiko

Ogawa Trio）发售的唱片集《一切都是为了爱》，在英国《国际爵士乐杂志》的评论家投票中，荣获年度最佳唱片集称号。

国际爵士乐盛典
每年都在佛罗里达举行的国际爵士音乐节。我们从二〇〇〇年到二〇〇四年连续五年参加演奏。

二〇〇四年，就在我准备从音乐节回国的时候，雅各布森叫住了我：

"理子小姐，你想不想在美国正式出道？"

雅各布森的表情非常认真。

"在日本，即使在松下，你也不可能成为最厉害的人物。最好赶紧辞去工作，把精力集中在钢琴上吧!"

由于事发太过突然，我感到非常吃惊。而雅各布森还是一个劲儿说:

"到目前为止，我见过很多艺术家，我认为，理子小姐你在美国从事爵士乐的话，才华可以得到更好的施展。比起留在日本，在这里，你更能够大显身手，你在美国正式出道绝对会更好。"

我告诉他，自己在日本还有要做的工作，然后离开了美国。

但是，回到日本之后，我还是不断收到来自雅各布森的关于这个建议的邮件。一天，我收到了这样一封邮件:

"你如果就这样待在日本，实在太可惜了!"

收到这样的邮件，应该没有人不为之动摇吧?

我已四十岁，进入不惑之年。此时的我陷入了前所未有的迷茫。

第七章

同时扮演两个角色

我在研发 DVD – Audio 国际规格的录音室
操作混频器

我一边在公司工作，一边作为爵士钢琴家继续参加相关音乐活动。虽然经常被问到"弹钢琴是不是为了解压"这类问题，但是我丝毫都不认为自己弹钢琴是为了解压。我只是作为自我表达的一种方式才一直弹钢琴。纪念格什温诞辰一百周年独奏会的时候也是如此，正是因为非常喜欢格什温这位音乐家，所以才打着以他为目标的旗号，竭尽全力做了这件事。虽然不知道能否弹好，总而言之拼命去做了，这一点在工作上也同样如此。一九九〇年代后半期，在纪念格什温的独奏会和国际爵士乐盛典上，作为钢琴家我不断地尝试各种挑战。在此期间，工作上，我也积极投入到 DVD‐Audio 这一新项目中。

"现在的你看起来做什么都像半途而废"

工作也好，钢琴也罢，两方面我都全身心投入。"我会做给大家看"——有一瞬间，我在心里暗暗下了这样的决心。一九九三年十二月，我开始在新三得利第五酒吧进行现场演出。

那天，大学同窗会的干事聚集在一起商讨事情。回去的路上，我和松下电器半导体研究所所长梶原孝生两个人同行。梶原是以前校园招聘的负责人。我大学的时候表明"自己想从事音响方面的工作"的想法后，就是他对我说"那你去音响研究所看看吧"，给予了我莫大的支持。

是像现在这样继续工作呢？还是结婚做家庭主妇呢？或是正式投入钢琴事业比较好呢？现在想来，可能是因为过了三十岁的我脸上显露出了这些困惑吧，在回去的路上，我们两人聊得正欢的时候，梶原突然转移话题说：

"小川，不能半途而废呀！现在的你看起来做什么都像半途而废。工作也是半途而废，突然开始的钢琴也是半途而废。"

他是我庆应大学理工学院的老学长，也是当时松下电器的招聘负责人，所以可能一直在关心我吧。梶原自己也是吹爵士小号的，所以听说我开始弹钢琴后，还观看过我的现场演出。就是他看到我这么闷闷不乐的样子，对我说："不可半途而废。"当时我进公司已经有八年，即将成为业务骨干。当得知我开始钢琴演奏事业之后，他心里肯定想："你今后到底想干什么？"

"半途而废"这个词让我打心底感到懊恼。面对推进新事业的公司以及项目的解散，我个人无能为力，就连钢琴也是，我还不习惯在人前弹奏。在旁观者看来，可能是半途而废。但是，这是我最厌恶的一个词。听他这么一说，一种感觉涌上心头——绝对不能原谅这样的自己。

"你说我两个都是半途而废，那我非把工作和钢琴这两件事都做好，证明给大家看！"

好像是因为梶原的这句话，我同时扮演两个角色的生活正式拉开了序幕。

DVD‐Audio 规格标准化

作为钢琴家举办纪念格什温诞辰一百周年独奏会之前，我全身心投入的是 DVD‐Audio 的国际规格标准化工作。那时，为了符合时代的发展趋势，音响研究所更名为"多媒体研发中心"。一般情况下，说到 DVD，可能大家都会有一种印象，以为是记录电影或动漫的 DVD 录像，但我参与研发的是记录音乐的 DVD‐Audio，它被称作"第二代 CD"。

部门解散后的一段时间，由于工作上没有明确的目标，我一直闷闷不乐。那段时间，我和同期进入音响研究所的同事伊达俊彦有不少交流。他喜欢音乐，也演奏乐器，对声音的工作也充满热情，而且我们的年龄也一样大。他以前还和我一起在声音空间事业推进室工作过，共同潜心研究过从车内音响设备到"生活实验剧场"东京 P/N 这些主题。公司形势发生变化时，我们都感到苦闷，他是我身边最近的交流对象。在与伊达的交流过程中，我开始觉得：今后，声源本身、信息内容以及媒体自身都会不断发生变化，而研究这些东西才应该是我们前进的方向。作为声音专家生存下去，我们不仅仅要探索声音的出口（如扬声器那样的硬件研发），还必须探索声音的入口（音源、信息内容）以及从入口到出口的全过程。

那时，我们已经知道，以后会出现比 CD 存储更多信息量的媒体。DVD 录像研发早已在推进，那么音响方面的 DVD 规格化也应该是趋势，这就是我和伊达两人得出的结论。

DVD 和 CD 两者在信息量和记录密度上具有天壤之别。记录媒体变成 DVD 后，信息量越增加，声音的表现力就越好，比如声音的高低。我在第二章也提到过，为了符合人类的可听范围，CD 的播放波段被限定在 20—20 000 Hz，但是 DVD‐Audio 的话，则连人类耳朵听不到的超高音都可以表现出来。或者说，即便在声音大小方面，DVD 也能够确保具有 144 分贝幅度的信息量。从传入人类耳朵最大的声音，即"飞机在头顶飞过时的声音（约 130 分贝）"级别，到最小的声音，即"负无限大

（约 0 分贝）"，DVD 足以记录这一范围的所有声音。

如何用信息量大、表现力强的 DVD 这一媒介重现现场演奏时的震撼感呢？这对再现艺术极限提出了挑战。从这个意义上来说，或许我们正在做的事与模拟音响时代 Technics 的技术员们一直追求的事非常接近，或许还可以推翻"数字的声音很差"这种音响迷或评论家的看法。此前，因失去了奉献出二十多岁青春的工作，我一直非常消沉。而现在，我发现了一块可以再次挑战自我的土壤。

我和伊达两个人一起研发 DVD‐Audio 这件事得到公司许可之后，我们首先着手制作收录现场演奏的录音机。为了不遗漏任何声音信息，我们计划研发出能用大容量硬盘收录声音的录音机。另外，我还主张收录用的麦克风也必须具有高性能。于是，我们一边向研究所内的麦克风专家请教，一边做调查，还试制了播放能力较强的扬声器。

这是一项全部从零开始的工作，而我们两人的状态可谓无所畏惧。此时，进公司后第三年时的工作经验发挥了作用，那时，我负责使用便携式 DAT 录音机，第一次在演奏厅收录管弦乐团的演奏。当时美国松下电器赞助的是美国一个很活跃的室内管弦乐团，名字叫作纽约交响乐团（New York Symphonic Ensemble）。乐团的指挥是日本人高原守先生。乐团由大都会歌剧院（Metropolitan Opera）和纽约爱乐乐团（New York Philharmonie）的选拔成员组成，每年在日本巡演一次。研究所所长收到了他们的一个请求——希望日本松下电器对该日本巡演进行赞助。对此，小幡修一所长提出要求，"作为赞助的交换条件，希望能够通过演奏会的现场演奏，进行我们的声音实验。"

初次见到高原先生时，与严格的指挥家印象完全相反，他长着一副娃娃脸，身材矮小，性格爽朗，就像哥哥一样。他爽快地说："请尽管用我们做实验，把我们的演奏录音，制作成CD。"

在他们访日巡演的彩排上，伊达和我大胆地将麦克风架在最前排的观众席上，谁知，刚一放上去，就遭到了演奏厅管理员的大声呵斥："你们在干什么?!"没有一个工程师会在这种地方架起录音用的麦克风，我们竟然连这种常识都没有。

伊达和我就从这种基础性工作开始,不断摸索,不断尝试,积累的经验逐渐变成了宝贵的财富。

在我们两人这样摸索前进的过程中,音响研究所也终于作为项目团队,决定正式开始做 DVD‐Audio。一九九六年,传统的模拟式录音室被改造成 DVD‐Audio 录音室,叫作"实验录音室 1006","1006"这个数字来自于门真市研究所的门牌号。当时的宣传册封面上刊登着我操作混频器的照片,宣传册里面写着:"这里是世界上第一个音响录音室,DVD‐Audio 规格完备,从制作、编辑音乐素材到创作以及唱片制作,一切皆有可能。"

是的,作为制作 DVD‐Audio 的录音室,它的确是世界上第一个。我们邀请了好莱坞的信息内容供应商华纳音乐和环球唱片等公司的工程师对在这里制作出的声音进行评价。为了实现超越 CD 的音响形式国际标准化,我们还邀请了其他厂家比如日本胜利的员工。此外,还请了柏林爱乐乐团的成员前来录音室进行参观,并询问乐团团长的感想。在 DVD－Audio 的规格化方面，我们有强烈的责任感和使命感——必须要引领世界。

我们花费三年时间，终于在一九九九年成功实现了 DVD－Audio 的国际规格标准化，由事业部做成 DVD－Audio 播放器，推向市场销售。

这期间，作为钢琴家，我一边在新三得利第五酒吧进行每月一次的演奏，一边出唱片。我在推出第一张唱片《春天的回响》之后，接着又发行了《我的第一场独奏会》和《我的理想》，总共完成了三张唱片，而一九九八年向纪念格什温的个人独奏会发出挑战，也是在这个时期。虽然有一段时间失去了目标，但是我内心深处的激情再次被点燃，决定向音响和音乐发起挑战。

接着，转机出现了。

利用"e 挑战"制度调到东京

二〇〇〇年前后，事业部把 DVD－Audio 播放器推向市场。此时，在线音乐播放也即将实现。当时正处于互联网发展的初期，虽然还不太便利，但今后将会普及。松下电器也在积极进行相关部署，以期尽早提供互联网服务。

今后，影片、音乐等丰富的信息将通过网络传播。虽然有很多信息传播方面的技术员，可是当音乐传播时代真正到来的时候，就需要能理解音乐本身或信息内容本身的人。因此互联网服务事业部的负责人找到我，并对我说："小川君，你还要在音响部门待到什么时候啊？要不要来互联网领域里挑战一下？"

刚好 DVD‐Audio 工作已告一段落，我也感觉对高音质的追求已经达到理想目标。

就在我思考今后的时代会如何变动的时候，互联网出现了。要在互联网上进行通信，必须压缩数据。音乐的情况也是如此，叫作压缩声源，就是通过 MP3 或 WMA 之类的文件格式进行声音传输。那段时间，研究所经常接到一些请求，比如"希望你们考虑一下，如何进行声音处理，才能使压缩过的声音听起来效果良好"或者是"希望你们对压缩声源进行一下音质评价"等。当时我自己也已经开始思考，如何才能把压缩声源做成好听的声音。

实际上，与快速推广到市场上的 DVD 录像机相比，DVD‐Audio 的发展速度比较缓慢。CD 以及数字制作过程本身出现于一九八二年，二十年来日臻完善。也许，在喜欢听音乐的人看来，盒装媒体已经发展到了非常成熟的阶段——通过 CD 就足以得到满足。和伊达一起开始研究之后，我们想通过 DVD‐Audio 突破这一阶段，然而结果却不如预期。

古典音乐或爵士乐是如实再现空间性的音乐类型，DVD‐Audio 与其正好完美匹配。不过，音乐市场上容量比较大的流行音乐如果是在录音室里制作的话，即使是传统的 CD 也能充分表现出其音质。所以，DVD‐Audio 在某种意义上注定只能是非主流。

DVD‐Audio 项目历时五年多时间，我从中学到了关于图片与声音世界之间的差异："这是明亮的""这是细微的"，影像的这些描述一目了然。但是，声音这个东西却"仁者见仁，智者见智"，由于看不见摸不着，所以大家很难理解其差异，也无法同时进行比较。

影像从黑白到彩色、从彩色到高清，每当技术往高画质高品质方向变革时，市场就会被革新。但是音乐从模拟变到数字的时候，还有人在继续用光盘听音乐。与此类似，即使做出了DVD，还是会有人继续听CD。有时，技术进步未必和市场需求一致。声音本能上含有很多情绪化的东西，是兴趣爱好的主观世界，形式多种多样，而这恰恰是声音的难点之所在。

实现了数码时代的高音质，对我而言，一个阶段已告结束，此时，恰逢互联网时代到来。比我资格老的同事对我说："要不要在互联网领域尝试一下？"以此为契机，我决定充分利用松下电器特有的"e挑战"这一人事制度挑战一下自己。

关于这一制度，公司有如下说明："需要新人才的事业部门要明确所需要的'技术内容及水平'，发布招募内容。个人则以自己的'技能'为武器挑战工作。本制度为公司内部公开招聘制度，其目的在于，使员工在实现自我、保持个性、积极主动提升技能的过程中，不断挑战新工作。"

正如上述说明一样，如果想换部门，可以通过"e挑战"，在公司内主动提出自己想去的地方，经过面谈，双方需求达成一致后就可以调动。

二〇〇一年八月，我按照自己的意愿，离开了入职以来一直所在的研究所，调到e网络事业本部。恰好在这一时期，我作为钢琴家参加了第二次国际爵士乐盛典。我的音乐世界也在不断扩大。

舞台就是大学毕业之后没有去过的东京。

发展速度比产品制造快几十倍的互联网世界

e网络事业本部的办事处位于东京的宝町，互联网项目和我此前所了解的领域完全不同，可以说相差一百八十度。这个领域与此前的产品制造行业不一样，属于服务行业，所谓的御宅族或者完全沉浸于信息内容制作的业内人士在其中如鱼得水，而我则时常感到文化和观念上的冲击。

世界发展日新月异，当时正值软银公司（Soft Bank）的孙正义先生大力推出 ADSL 定额制，竞争十分白热化。就这样，伴随着互联网基础建设的高速发展，服务项目也在不断增加。

在我以前从事的产品制造领域，产品百分之百完成之前，不能作为商品进行生产销售。而在互联网商业模式中，产品在完成前也可以拿到市场上去尝试，一边倾听用户的声音，一边进行改善。

调过去以后，我的第一份工作是：通过一家叫作"Panasonic Hi-Ho"的互联网服务供应商，与唱片公司爱贝克思（Avex）一起尝试直播滨崎步的现场演唱会。考虑到受众的网络环境，我们直播之前进行了适当的压缩。就2001 年的互联网环境来说，我们做的工作相当有挑战性。

就这样，我开始了每天都是新事物的实验性生活。

我们还做了 3D 影像传播实验，比如说手术影片。据说，实习医生通过远程医疗看眼科手术影片时，比起 2D 影像，3D 影像更加容易理解如何处理血管或组织等。因此，客户提出想发送 3D 影片的要求时，我和系统开发员一起做了如下尝试：为了搞清楚"如何才能做远程通信"，我们准备了 3D 摄像机，对信息进行记录、压缩、发送和接收，试图找到理想模式。

此外，为尝试拍摄并观看 3D 体育运动，我们还去甲子园棒球场，用 3D 摄像机拍摄现场。后来，在影像、信息、通信国际展览会 CEATEC 的会场上播放《3D 甲子园》时，观众如潮。大家都戴着 3D 专用眼镜欣赏影片。就这样，那段时间我一直在开发信息网站为用户提供的服务。

再后来，博客、推特等自媒体也逐渐面世。此前发送信息的都是大众媒体，但今后的时代每个人都可以发送信息。e 网络事业本部的二十多岁的年轻同事们领先于时代，不断提出新方案。于是，我向公司提议，应该建立消费者自媒体服务。该服务可灵活应用个人发出的信息，对 Web 服务进行企划、开发和运用。

具体来说，我们开发出了社交网络类型服务 DiMORA。通过该项服务，如果使用松下 DVD 录像机

"DIGA"的用户想要收看体育节目，系统将从收视记录分析当下热门的话题，并将热门的体育节目推荐给该用户。

此外，数码相机的相册功能也改成能够和朋友或家人共享的社交型服务，这些服务现在依然有人使用。

另外，还有人提议："写博客的人不断增多，如果把有趣的博客放在联网电视机上读出来，如何？"

我感觉，比起产品，给产品服务提建议的速度要快几十倍。

作为团队领导的我对二十多岁的年轻同事五花八门的提案感到非常有趣，接着就是不断尝试，听取来自市场的声音并改善服务，然后再把服务提供出去。在某种意义上，我更像是年轻一代的引导者，这使我想起了自己在刚入职时所在的音响研究所的自由风气。那时，我一边进行各种挑战，一边得到所长小幡修一的鼓励——"即使失败也没关系，勇敢地干吧"。

最初，我以为是因为自己可以从事与音乐传播、压缩音源等相关的工作才调到 e 网络事业本部的，可是，进来之后，每天都要顺应令人眼花缭乱的时代变化，感受互联网世界的五味杂陈，日子过得非常繁忙。

连续发行了九张唱片

三十八岁那年，我开始了在东京的生活。在东京的七年时间里，作为钢琴家，我也过得非常充实，接二连三推出了九张 CD 唱片。在我的生活中，一年三百六十五天，一天二十四小时，不是在工作就是在弹钢琴。演奏机会也因为到了东京而急剧增多。爵士乐的听众比例也是如此，东京的听众比大阪要多十倍左右。我还认识了很多音乐家。有一次我在音乐酒吧演奏，有人对我提议，说："下次要不要和那些音乐家们一起组乐队？"

虽然工作和弹钢琴都很忙，但是我是被时代牵着走的。同时也被环境牵着走。回顾过往，我感觉当时就是那样的时代。

有一次，印刷企业的老板同时也是我大学的老学长片贝英重先生向我提议，想制作一张我的个人 CD，让我倍感荣幸。无论是古典音乐还是爵士乐，他都很喜欢，并且好像也非常喜欢我的跨越式弹奏法，所以说"非常想留下记录"。在充分考虑了要收录的乐曲之后，我决定以被称为跨越式弹奏法的创始人詹·普·约翰逊（J. P. Johnson）作曲的 *JAZZ-A-MINE* 作为唱片集的标题，以表达我对这位跨越式弹奏法钢琴家的尊敬，里面还包含法兹·沃勒（Fats Waller）、威利·"狮子"·史密斯（Willie "The Lion" Smith）、艾灵顿公爵、乔治·格什温、塞隆尼斯·蒙克的乐曲，同时我将在妈妈肚子里听到的有纪念意义的童谣《红鞋子》也放了进去。

这九张唱片无论哪一张都充满回忆，但对我的人生影响最大的是二〇〇三年发行的《一切都是为了爱》（*It's All About Love*），这一点我在第六章也提到过。

这是"小川理子三重奏"制作出来的。除了我之外，其他成员都是美国人。贝斯手是菲尔·佛拉尼甘（Phil Flannigan），鼓手是小艾迪·梅兹（Eddie Metz Jr.），次中音萨克斯管演奏者是哈利·艾伦（Harry Allen），艾伦因为经纪公司的关系不能正式加入三重奏，只能作为特邀嘉宾受邀参加。

这一切源于二○○○年的国际爵士乐盛典。在那里，我们的演奏获得了美国听众的认可，甚至全场起立鼓掌，之后每年三月在佛罗里达演奏成了我们的惯例。我们"木村阳三重奏"演奏的时候，美国阿伯唱片公司的制片人冈纳·雅各布森总是伴随左右。

二○○二年爵士乐盛典还在进行的时候，雅各布森对我说："理子，你的演奏非常了不起！要不要试试和这些人一起演奏？"于是，我就与上述三位音乐家组成了组合。在舞台上弹奏传统爵士乐后，发现我的演奏跟大家配合得天衣无缝，雅各布森觉得"这个水平可以录制下来"。次年爵士乐盛典我到达佛罗里达的时候，录音室已经预约好了。由于我平时住在东京，四人不能一起练习，在这种情况下，我们直接开始了唱片集的录制。尝试了四人相互配合后，我深切地感受到，和水平一流的人一起工作原来如此美妙！

此前连自己都没有发现的钢琴技艺被他们激发了出来。我经常对年轻人说："去和世界一流的人进行'异派比武'吧"，其原因就在于自己有过这种经历。

入夏之前，通过阿伯唱片公司发售了《一切都是为了爱》，没想到它竟然被世界著名的英国《国际爵士乐杂志》评选为年度最佳唱片集。

当时有一位名叫艾迪·柯克的评论家这么评价道：

"关于被认为是这张唱片核心人物的女性，我们还能说什么呢？对于作为钢琴家的她，我只能说一句'非常了不起'！摇摆、跨越、酒吧即兴，无论哪种弹法，她都演绎得非常完美。今后如能抓住机会，作为现代爵士钢琴家，定是颗冉冉升起的明星。最重要的是，她充满激情，具有独创性。我将这张 CD 一直放在播放器中，心悦诚服地投它为'本年度最佳'。"

苛刻的评论家们以公正的眼光给出了评价，这使我非常开心，而这个评价也点燃了雅各布森心中的希望之火。

"理子，想不想在美国出道?"

二〇〇三年以"小川理子三重奏"的名义，
由阿伯唱片公司发行的 CD

第八章

你所需要的就是爱①　一切都是为了爱

① 这里使用了英国著名乐队披头士的著名歌曲《你所需要的就是爱》（*All You Need is Love*）这一典故。——译者注

只要是公司职员，应该就会有人因想辞职或换行业而烦恼。在此前的公司职员生涯中，我曾经两次犹豫是否离开松下：第一次是我三十岁的时候，因为新品研发项目解散而迷失了工作价值。

　　第二次是二○○三年被邀请在美国做专业爵士钢琴家的时候，当时我四十岁。美国阿伯唱片公司的制片人冈纳·雅各布森曾经非常认真地说过：

　　"人生中偶尔会遇到这样的演奏者，无论对于音乐家还是音乐迷，他们都给人留下深刻印象，毫无疑问，小川理子就是这样的钢琴家。她不仅有吸引人的魔法般魅力，还能优美地弹奏钢琴，最重要的是，她的歌声就像天使一般！古典音乐、流行音乐、布吉乌吉（Boogie Woogie）、布鲁斯、拉格泰姆、跨越式弹奏以及摇摆乐……这几年我一直在欣赏她演奏各种各样的乐曲，没有什么东西是她不能用钢琴演绎的！

"我第一次听小川理子的演奏是在二○○○年佛罗里达的国际爵士乐盛典上。她作为木村阳三重奏的成员出场，与其他音乐家和观众一样，我为她那不可思议的才华而折服。她不仅以与众不同的技能和心态弹奏钢琴，还展露出了奇迹般的歌喉。第二年，她又在爵士乐盛典中出演，以她那美妙的钢琴演奏和歌声征服了全场观众。"

说实话，这些话让我感觉不好意思，不过这是雅各布森写在《一切都是为了爱》这张唱片封面上的文字，文字最后，他这样总结道：

"《一切都是为了爱》这张唱片的录制工作很成功，所有参与人员都非常享受整个过程。从第一首《你》（You）到最后的《命中注定的事》（Just One of Those Things），全都录制得非常顺利。理子的细致准备、集中力与全身心投入使唱片的录制如此与众不同，我们永远不会厌倦理子的音乐，她带给我们的只有持续不断的快乐与惊喜！"

在美国出道的邀请到达东京

二〇〇三年爵士乐盛典结束,《一切都是为了爱》获得评论家投票结果第一名之后,雅各布森给我发了一封邮件:

"你来美国做专职钢琴家吧,我会提供一切支持。"

我也切实感觉到,自己在《一切都是为了爱》中的演奏确实非常精彩。之前从未弹过的乐句仿佛从指尖不断涌现出来,而和我一起演奏的贝斯手佛拉尼甘、鼓手梅兹和次中音萨克斯管演奏者艾伦,用棒球术语来说,他们就是大联盟级别的角色。我感觉,通过和他们一起演奏,我体内的潜能被激发了出来,我此前从未有过这样不可思议的演奏体验。

好像雅各布森当时认为:虽然我是日本人,又是女性,初次见面时才三十多岁,可是作为新生代爵士乐演奏者,却非常了解美国的古典爵士乐,并对爵士乐有丰富的感受力,所以如果我和美国的演奏者组合的话应该会很有意思。而实际制作《一切都是为了爱》时，这个新组合的确技惊四座。

二〇〇四年最后一次爵士乐盛典结束后回国，当我在东京e网络事业本部忙碌地工作时，不断收到来自雅各布森的邀请：

"我还在考虑让出演爵士乐盛典的其他鼓手和贝斯手与理子你组合，我觉得他们与理子你的演奏是天作之合。"

他推荐的演奏者让我充满期待与兴奋，我们可以演奏出什么样的曲子呢？

为此，我反复征询了各个前辈的意见。找木村阳一谈过，也问过贝斯手石田信雄的意见，还和非常了解爵士乐领域的很多乐迷以及社会上的前辈们交流过。有的人说，看过很多职业爵士乐音乐家一路是怎么走来的，发现专职从事音乐并以此谋生并不容易。即使是市场更大一些的古典音乐领域，能够作为职业生存下去的也只有少数，就连一起学音乐时被誉为"神童"的朋友，虽然颇有实力，作为音乐家好像也很难维持生计。

我也考虑到自己已经四十岁这一情况。自从接受木村邀请公开演奏以来，已经过去了十年。这期间，为了兼顾好工作和钢琴，我一直非常努力。曾有人对我这么说过，"一边在松下工作，一边追求自己喜欢的音乐，这不就是小川你的风格吗？"

此时，雅各布森邮件中的一句话特别引起了我的注意：

"即便是在纽约酒店的大厅，你也能够流畅演奏。"

在一流酒店的大厅里进行演奏——也许对于美国的爵士音乐家来说，是理所当然的事。但是，雅各布森的意思应该是说，作为职业钢琴家，理子你会有各种机会，比如现场巡演，比如像这次一样出 CD……不过，我还是感到有点想不通。心想，或许只有一小部分音乐家被允许在纽约的酒店里演奏，我觉得这和自己长期以来的生活方式相距甚远。

此外，还有一点让我心有芥蒂——自己一个人单身赴美国之后，必须和雅各布森两个人一起奋斗，而雅各布森当时已是七十岁左右。如果因现场巡演而要跑遍整个美国，那我就要跟雅各布森这位男性一直待在一起，这也是我心中抵触的一个理由。

和高中时的初恋对象再次相遇

以挚爱的钢琴活跃于世，这是我从三岁开始弹钢琴以来，就一直觉得很酷的生活方式。不过，犹豫再三，我最终还是没能做出果断的选择。

其实，造成这一结果的，除了上述原因外，还有另外一个最重要的理由。

这要追溯到三年前的秋天，当时我刚调到东京，在一次高中同学聚会上，我再次遇到了高一时同班的他。

他之前虽然在隔壁中学上学，但我从那所学校的女性朋友那里也能听到有关他的传闻，似乎还挺受欢迎的。高中分班时恰好与久闻其名的他是同班，我当时认为，这是命运的邂逅。高一的二月份，我竟然在情人节给他送了巧克力！当时，高一女生们中流行给自己崇拜的学长送巧克力。现在想来，之所以那么做，肯定是因为陪朋友们给学长送巧克力时，自己也受到了刺激。我已经不记得送他巧克力时自己说了些什么，应该没有经过深思熟虑，只是凭感觉说了些话。

我就读的大阪府立大手前高中位于大阪城的正门前，放学后我们俩从那里一起走到谷町四丁目地铁站回家。现在想起来非常幼稚可爱，不过当时真的很开心。然而，我们上的高中学风良好，大家开始积极准备高考以后，这种机会也就自然减少了。后来我考上了东京的大学，就此与他失去了联系。

在高中毕业二十周年的聚会上，我和他再次相遇，自然聊得很开心。我告诉他自己钢琴家的身份后，他说："是吗？那我下次去听你的现场演奏。"后来，他真的带着朋友来到大阪的音乐酒吧听我的演奏。之后，就像什么都没发生似的，我和以前一样，在东京过着忙碌的生活。突然有一天，我收到他的一封信，信中说："我有个学术会议，要去一趟东京。"于是我们又在东京见了面。之后，我就和住在大阪的他开始了异地恋。

"要不要来美国？要不要当职业钢琴家？"

对于这样的邀请，我一个人烦恼了相当长一段时间。雅各布森一直发邮件催促我。有一天，我决心向他坦白。

"对于要不要去美国，说实话，我一直很迷茫。"

他没有明确反对，但看得出来非常失落。

现在回过头来看，那时候他已竭尽全力暗示我，让我不要去，这可能就是我后来没有去美国的最重要原因。

之后，他真的成了我的真命天子。因为工作原因回到大阪之后，我在四十七岁的时候和他结婚了。

正如专辑名"一切都是为了爱"，是的，一切都是为了爱。

第九章

松下幸之助教给我的东西

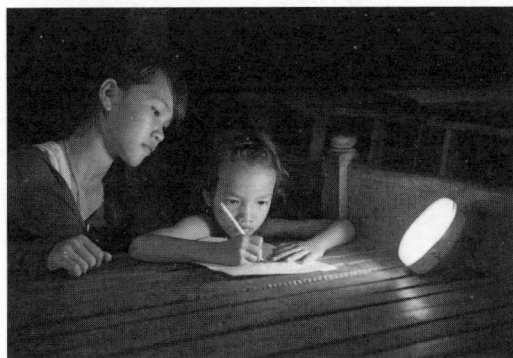

可以使用太阳能充电的 LED 灯。在没有电力基础
设施的地区也能发挥作用

去美国做一个专业的钢琴家。正是因为二〇〇三年四十岁的我没有选择这条路，所以工作也好，钢琴也罢，反而可以不顾一切地全身心投入。

在钢琴方面，二〇〇六年我通过胜利娱乐（Victor Entertainment）唱片公司发行了 *Swingin' Stride*，在日本正式出道。是松下 OB 的老同事们给了我发行这个唱片的机会。唱片中包含了众多曲目，从叫作《手指巴斯特》（*Finger Buster*）的跨越式弹奏法的名曲，到改编后的《世上唯一的花》，以及披头士的乐曲，内容非常丰富。我之所以在二〇一六年年底写这本书，也是因为当时 SMAP 组合解散，《世上唯一的花》多次在电视上播放。二〇〇六年，胜利娱乐的制片人向我提议，"把这首歌放入唱片集吧"。我自己也非常喜欢这首歌，我以跨越式弹奏法为基础，通过新的表达方式进行了改编。该改编后来全部被写成总谱，刊登在了《键盘》（*Keyboard Magazine*）杂志上。

在工作方面，二〇〇六年十月，我已经在 e 网络事业本部网络服务事业推进室担任管理层。第七章已提到过，由于我提议应该灵活利用博客或推特等由个人传播信息的消费者自媒体来提供服务，由此就任了消费者自媒体服务小组的负责人。职位是科长，带领十名左右的团队，和思维活跃以及充满挑战热情的年轻下属们一起度过的每一天都很开心。

另一方面，因为进入了管理层，我感受到了作为负责人的不容易。比如，如何收回对某个事业的投资，并获得收益，这些都必须拿出结果。或者，e 网络事业本部到底要拓展哪一块领域？当然，公司是所有团队的总和，可是我们的团队要往哪个方向努力呢？为了让公司内部理解这种情况，我必须经常给出明确的理论说明。要使充满挑战热情的年轻人充分发挥他们的聪明才智，使服务事业紧跟公司经营的方向，虽然我知道要做到这些很难，但为了公司的生存，我始终坚持一个梦想——希望用户能通过与硬件配合的网络服务，获得令人期待的娱乐体验。

源于创始人捐赠行为的社会文化部

二○○八年二月的一天，我为搭载在 DVD 刻录机 "DIGA" 上的社会网络型服务 DiMORA 的相关工作而苦苦思索。要增加什么功能？或者是如何区分收费会员和免费会员？为了使服务步入正轨，需要考虑的事情堆积如山。

这时，办公桌上的电话响了。

"小川，这次公司决定将你调到大阪总公司担任社会文化部部长。"

e 网络事业本部部长突然打来了这个电话。

"刚刚人事董事下达了内部指示。"

由于事发突然，当时我大脑一片空白。首先想到的是，这个"由自己发起的、即将步入正轨的 CGM 服务团队该怎么办"。我心想，无论如何要先安抚下属，所以在公司正式宣布这一人事变动之前，我召集团队成员，告诉他们公司有内部调动命令，不过在离开之前我会负责任地和大家一起工作等等，这是 e 网络事业本部解散前夕的事。

　　第一次听到"社会文化部"这个部门名称时，我还在音响研究所工作。一九九〇年代前后，被称作"文化艺术赞助"的企业文化活动非常盛行。有一次，松下召开了一场演奏会，而我受到委托，为那场演奏会录音并把它做成CD。进入公司至今，与这个部门有关联的工作，我只制作过这张CD。说实话，我当时并不清楚这是一个什么性质的部门。而现在，自己竟然被任命为该部门的负责人。整个松下集团大概有三十万名员工，相关公司超过五百五十家。担任这么一家总公司的部长职位，我深感荣幸，同时不安也随之而来。任命书是当时的大坪文雄社长直接对我宣读的，大坪社长还添加了"责任重大"这么一句话。我领导的部门分布在东京和大阪，加上旗下的组织，人数增加到了三十名左右。这份工作与社会联系之广泛，和之前完全不可同日而语。因为，即使是公司内部，也需要全球化水平的管理。每天都充满了新发现、喜悦与创造。

　　社会文化部原来是松下的创始人松下幸之助在一九六

○年代设立的一个组织，幸之助的理念是"回馈社会，为社会做贡献"。幸之助认为"企业乃社会之公器"，并进行社会捐助活动。而该部门的工作最初就源于这一具有强烈幸之助个人色彩的捐赠行为。

比如，首先在大阪捐赠了JR大阪站前的"梅田新步行天桥"。一九六四年，松下公司建造了当时日本最大的步行天桥，将它捐赠给了大阪市。该天桥横跨大阪站前广场和阪急百货、阪神百货间的宽阔道路。那个年代，私家车兴起，几乎每户人家都有一台车，汽车不断增多，交通事故频发，因交通事故造成的遗孤问题也日益严峻。由于架设了这个立交步行天桥，站前的汽车混乱状况得以缓解，行人也可以安心过马路了。这个步行天桥现在依然有许多人走，大概没有一个大阪人没走过这座天桥吧。

此外，东京浅草的浅草寺雷门也是如此。可能现在难以相信，其实在一八六五年，雷门因为火灾被烧毁之后，浅草寺在很长时间里只有一个临时的门。幸之助得知此事后，于一九六○年重新修建并捐赠了现在的这个门。时隔九十五年后，雷门终于恢复了往日的风采。此外，在门的中间还敬奉了现在可以称之为东京象征的雷门大灯笼。之后，大概每隔十年就进行一次大灯笼的修复工程。事实上，我在社会文化部工作的时候，也轮到过一次更换新的灯笼和纸，当时用货车将其搬运到全国仅有的一家拥有制作这个大灯笼技术的京都高桥灯笼公司，在那里进行修复后，再将其敬献给浅草寺。

另外，松下电器还创设了一些公益性很强的财团，如颁发被誉为"日本诺贝尔奖"的"日本国际奖"的国际科学技术财团，以及致力于解决学校实际教育课题的松下教育财团。就这样，社会文化部作为为社会做贡献的部门成立了，其主要任务是，思考松下集团能够为解决这个时代的社会问题做些什么。

我担任社会文化部部长之后，了解了该部门在过去几十年所做的工作，然后产生了这样一个疑问："多年来明明做了这么多公益活动，为何却鲜为人知呢？很多事情甚至就连包括我在内的公司员工也不知道。"大阪的立交步行天桥其实是松下捐赠的，知道这件事的大阪市民又会有多少呢？

这应该是由于幸之助的"做好事不留名"的观念，也就是说，为社会做贡献，应该是暗中行善，而不是到处宣扬"是我做的"。所以，作为松下集团，也从来没有对此积极进行宣传。

但是，我刚调过来的时候，欧美企业中流行将贯穿本业的CSR①作为经营战略，宣传"本公司为了解决社会问题做了这些事"，来提升企业价值。可是，松下集团明明把企业社会责任当作分内之事坚持了长达半个世纪之久，却因为没有让世人知晓，所以一直没有和企业价值联系在一起，我认为应该改变这一现状。我想将无形资产可视化，无论是对公司内部还是对公司外部。

具有松下特色的企业社会责任是什么呢？此前做的社会贡献很多都是对与本行业无关的领域进行无偿援助，这种行为的确也非常了不起。可是，难道不能利用松下特有的技术和专业，在解决社会问题方面做出贡献吗？

---

① Corporate Social Responsibility 的缩写，意为企业社会责任。

向无电地区捐赠太阳能灯

我之所以萌生出这个想法，是因为当时刚和松下集团合并的三洋电器在生产太阳能灯。该太阳能灯由太阳能光板和 LED 灯组成，性能优良，只需一盏就能照亮整个房间。由于只要有太阳光就能够充电，所以在不具备电力基础设施的地区也能够得到有效利用，我从中感觉到了巨大的可能性。

我之所以这么想，是因为世界上有大约十三亿人生活在无电地区（据二〇一二年国际能源组织推算）。在那些地方，人们用来照明的东西叫作煤油灯——利用燃烧煤油的小小火焰照明。在狭小居所使用煤油的话，会造成一氧化碳积聚。我通过调查后发现，每年有一百九十万以上的人因为一氧化碳导致健康受损。

作为电器制造商，松下集团可以通过自己的专业技术来改善这一状况。

抱着这种想法，我想出了一个项目，即从二〇一一年开始将太阳光充电的太阳能灯捐赠给无电地区。其实，松下电器和三洋电器合并的时候，由于不太明确到底是由哪家分公司的哪个部门来接管，太阳能灯都快从商品目录上消失了。我了解到这个商品以后，考虑它既可用于为国际社会做贡献，又符合松下的经营理念，认为它总有一天会被市场认同，所以我向公司提出请求，希望社会文化部可以使用该商品。

我亲自带着太阳能灯访问了柬埔寨、印度、坦桑尼亚和缅甸。在印度，当地人在家中使用这种灯进行考试复习，这一情景令我难以忘怀。孩子们眼中闪烁着明亮的光芒，直到晚上很晚都在伏案学习——"有了这种灯，终于可以学习了"。

此外，我们将装载有太阳能光板的发电系统和蓄电池的集装箱"生活创新集装箱"与太阳能灯一起，送到了非洲的坦桑尼亚。坦桑尼亚一个叫达累斯萨拉姆的城市有松下的干电池工厂，以那里为据点，往内陆走六百千米是无电地区，有一个叫塔沃拉的村庄。我们去了那里，并在塔沃拉村的小学空地上安装了集装箱。由于全村都没有电，所以和集装箱一起，我们还带去了用于保管疫苗的冰箱以及小学教育用的电视机。我们还播放了来自日本孩子们的问候视频。塔沃拉村的孩子们第一次看到电视，似乎对于画面中人物在动这一现象感到很不可思议，所以都看得目瞪口呆。

非洲也是爵士乐的发源地。对于我来说，虽然是第一次踏上非洲大陆，但去之前，就想着孩子们肯定会用唱歌和跳舞来表达对我们的欢迎之情，所以就下定决心，如果有机会回礼，我一定要用口风琴吹奏一曲坦桑尼亚有名的乐曲赠送给他们。

当时，松下坦桑尼亚的负责人教了我一首坦桑尼亚家喻户晓的乐曲，我在 YouTube 上反复听了好多遍，把旋律记了下来。

机会真的来了。数千个村民从自己家出发走了几个小时，前来观看捐赠仪式。在大家面前，我吹奏起《坦桑尼亚·坦桑尼亚》这一乐曲。接着，不知谁带头，大家跟着我的吹奏一起唱了起来。歌声很快汇成大合唱，就像音乐从大地上喷涌出一样，响彻非洲热带草原，瞬间所有的心都连在了一起。

这无疑是"音乐没有国界"的真实体验，这份喜悦无以言表，我感动得热泪盈眶。

因捐赠太阳能灯而访问坦桑尼亚。在数千名村民面前用口风琴演奏乐曲《坦桑尼亚·坦桑尼亚》。

在我们大力推进太阳能灯活动的同时，其在全球的应用也越来越广泛。有了太阳能灯，在医疗现场，可以安心进行夜间分娩了。工厂中，那些白天也很暗的光线死角，被太阳能灯照得一片光明，从而提高了产品成品率。这些应用让我切实感受到了生活的变化。电视台也多次对此进行报道：太阳能灯项目使得日本技术被带到了发展中国家，不仅丰富了当地人的生活，而且成为守护健康的绿色环保能源。

之后，二○一二年CSR部门被合并，由我担任CSR·社会文化部经理一职。CSR的概念是通过本行业的工作为社会做贡献，而我所在的社会文化部一直在践行这一理念。或许，这就是两个组织合并的原因吧。

接着，我开始启动"捐赠十万台太阳能灯项目"。该项目的内容是：在公司二○一八年成立一百周年之前，向世界上的无电地区捐赠十万台太阳能灯。二○一三年，我还因为该项目，访问了民主化前夕的缅甸。由于太阳能灯捐赠活动产生了很好的影响，我们还因此而开展了其他新项目。

为了在解决贫困和缩小贫富差距等国际社会问题方面做出贡献，我思考能否让我们的主业发挥作用，并由此开展商业活动。因为，一直以来，我们都在顺应21世纪的时代发展潮流，我切身感受到公司践行着创始人松下幸之助所倡导的"企业乃社会之公器"这一理念。

事实上，作为 CSR·社会文化部经理，我还重新审视了公司职员的志愿者活动存在模式。为此，我专门成立了一个名叫"松下创新志愿者团队"的项目，与此前脱离公司的工作而参加志愿者活动的风格不同，此项目利用工作过程中获得的技能，一起着手解决在发展中国家开展活动的非政府组织 NGO 以及社会型企业所面临的各种问题。当时有很多这种案例：公司员工请长假去参加青年海外合作队项目，回到公司后，因为不能充分发挥自己的那份热情而选择辞职。

项目的目的就是要解决这一问题，希望建立一个组织，使他们的热情能够在公司主业上得到充分发挥。我和小沼大地先生签了合作协议，他是非政府组织 NPO "交叉领域"的法人，现在已是风云人物。为了解决发展中国家的课题，"交叉领域"协助公司将职员派遣（留职）到当地开展支援活动。看到年轻而充满热情的人们不断聚集起来，我非常开心，感到这项事业前途光明。

就我个人参加过的志愿者活动来说，为了支援受灾地区，我举办过慈善义演，还在医院和学校举行过专门针对医生和孩子的演奏会等。

离开音响研究所马上就快十三年了。

通过与社会交流，我得以发挥出此前没有发现的特质和能力。我几乎每天都在思考接下来应该去解决哪个社会问题。一个人在同一家公司做过三种完全不同类型的工作，我觉得这也非常有趣。

音乐方面，作为爵士钢琴家，我已和关西爱乐管弦乐团谈好，二〇一四年八月联合举行一场演奏会。

然而，此时，我又一次接到了工作大变动的内部调动通知。

二〇一四年三月，上司找我谈话，并宣布人事变动，我再一次回归到了利用感性将技术和声音结合在一起的工作。

那就是重启松下的荣耀品牌 Technics。

第十章

竭尽全力重启 Technics 项目

二〇一四年就任音响项目的发展战略责任
理事，再次回到音响世界

"小川，本部部长希望你能过来一趟。"

二〇一四年三月二十五日，大阪府门真市松下集团总公司。那天的事我仍记忆犹新。到了CSR·社会文化部所属的品牌交流本部，进入本部部长的办公室之后，我看到他手里拿着一张纸。

"是不是出什么事了……"

空气中弥漫着紧张感，我等待着他的下文。

"小川，这是调动通知，把你调到家庭娱乐事业部，担任音响发展战略责任理事，主要工作是重启Technics品牌。"

当时，本部部长没有讲述更加具体的内容。由于事发太过突然，我深感意外，同时满脑子都在思索接下来该怎么办，时间对我来说或许已经停止，只记得自己问了一两句确认的话。等我回过神来，对方对我说道：

"虽然五月份才开始新工作，不过你不妨先去拜访一下负责董事楠见。"

自从进入公司以来，作为音响技术员，我参与研发的商品有双管乐器型扬声器、墙面型扬声器"Audio Flat Panel"，以及 DVD 机等，这些都是音响品牌 Technics 的旗下产品。此外，音响研究所所长小幡修一和无线研究所小林一二共同研发的具有划时代意义的黑胶唱机"SP - 10"亦不例外。Technics 创造出了许多独特产品。

实际上，我二〇一四年接到这个内部人事调动通知时，Technics 的产品没有在世界任何一个地方生产，已成为虚幻的存在。

Technics 停止生产

Technics 这个品牌名字原本是音响技术员石井伸一郎和前音响研究所所长阪本楢次命名的，石井一九六五年研发出了具有优质低音播放功能的微型扬声器。他们两人在思考命名的时候，翻着词典，看到 technic 这个单词时，感慨地说:"说到底还是技术,我们正是要把技术转化为商品。"然后目光停在了其后面的 technics 这个单词,决定:"就用这个名字!"

Technics 是音响专用的单独品牌,也就是说,人们认识商品时,不是把它作为松下电器或者松下的商品,而是当作 Technics 旗下的产品。

后来出现的 Hi-Fi 音响,即高保真如实地再现原声的音响。作为高级音响的品牌,Technics 在一九七〇年代迎来了黄金时期,正如我找工作时所经历的一样,Technics 虽然受到了数字化影响的波及,但在一九八〇年代和一九九〇年代都创造出了顺应时代潮流的产品。

可是,当二〇〇一年我离开音响研发部门,调动到 e 网络事业本部后,网络音乐传播开始普及。仿佛是配合这个潮流一样,高保真音响市场趋向紧缩。很长一段时间里,Technics 品牌中能够盈利的只有获得绝大多数 DJ 们支持的黑胶唱机。

接着,二〇〇八年松下电器产业正式改名为松下,公司的所有品牌都被统一为松下。音响机器品牌在国际上也都汇总为松下这一品牌。并在二〇一〇年决定停止生产一直发展势头良好的黑胶唱机。Technics 旗下商品生产到此结束。

所以，二〇一四年三月二十五日，当收到"担任音响发展战略责任理事，重启 Technics 品牌"这一工作调动通知时，那一瞬间我感到既震惊又困惑，完全说不出话来。

两天以后，也就是三月二十七日，津贺一宏社长召开了公司战略方针发布会。首先是面向公司员工，之后在同一天面向投资家和媒体等，讲述了四月以后整个松下集团的发展方针。也就在那时，津贺宣告说"我们要重启 Technics"，听到这句话，我才恍然大悟，"原来，自己的人事调动是这么一回事啊"。

津贺的公司战略方针发布会令我印象深刻的是，"感性"一词成了重启 Technics 的一个关键词。对此，他这样解释："此前的商品制造重视功能，而今后家电事业的目标是在商品制造上聚焦感性，创作出更加重视顾客体验并打动人的新家电。其具体工作就是在欧洲重启 Technics 品牌。Technics 将以执着于追求播放原声以及实现表现丰富的空间为宗旨，利用最先进的数字技术，实现声音带来的感动。"所谓感性的价值，不是指商品所拥有的性能或功能等，而是指通过产生感动和共鸣而得到人们认可。

从作为新员工被分配到音响研究所那一刻开始，我就一直倡导"声音就是感性"。当时的所长对此表示理解，他说："希望你能发挥对声音的感性，进行创造。"室长兼鼓手木村阳一也同意我的观点。然而，时代追求的是功能价值，大多数人根本不关注感性。

现在，松下集团的社长亲自以感性价值这一逻辑宣告重启Technics。我不禁感慨万分，感性时代终于到来了。

长期以来，我一边工作，一边兼做钢琴演奏家。或许，公司正是认为只有我才能胜任这份工作，才对我充满期待，不是吗？

音响技术员领导者井谷哲也

Technics的重启并非因我提案而起，事实上，在我接到调动通知以及得到津贺认可之前，音响技术员们已自发做了些相关事情。

从二〇一二年秋天开始，一则爆炸性消息迅速在公司内部蔓延开来：由于电脑的电讯线路容量增加，此前难以通过互联网发送的高品质高分辨率声源开始普及。在此影响下，松下品牌也开始推进可以播放高分辨率声源的微型组合音响。

带头讨论的是技术员井谷哲也。井谷在后来的Technics重启项目中负责核心工作。

井谷于一九八〇年进入公司。其理想是从事音响开发工作，所以选择了松下电器，并如愿被分配到音响事业部，创造出了Technics旗下第一个CD播放器。

我是一九八六年进入公司的。前面已经介绍过，当时小幡修一是新任音响研究所所长。其实，在那之前，井谷就在小幡所长曾经所在的音响事业部工作了。

据井谷回忆，一九八五年日本签订了《广场协议》，导致日元升值美元贬值。因此，有段时间出口占比较大的音响事业受到极大影响。于是公司决定进行内部重组，前事业部长小幡被调到音响研究所。

井谷得到了小幡所长的头号弟子四角利和的提携，之后参与了 LD、DVD 播放器和蓝光光盘播放器等影像技术的开发。因此，在因 Technics 重启项目遇见他之前，我们之间没有任何交集。

就像隔代遗传一样，井谷通过四角也受到了小幡所长的熏陶。"既然要做，就要以世界第一、领先于世界为目标，否则就没有价值。"井谷回顾进入松下电器之初，说"在还是一张白纸的时候，我就受到了这种价值观的影响"。

这与之前小幡所长教给我的价值观一致——小幡所长曾对我说："请发挥感性，创造出世上还没有的东西。"后来我和井谷一起工作时，井谷对我说："虽然以前没有和小川你见过面，但我们有共同的价值观，所以在 Technics 的重启上可以合作愉快。"

二〇一〇年，曾是影片领域技术员的井谷再次回到音响世界，当时公司正好决定 Technics 停产。音响市场也在缩小，公司决定让他负责包括录像机和音响仪器的先行研发。

此时，对于音响仪器来说，有一点很关键，那就是在蓝光光盘播放器"DIGA"主导市场的过程中，培育出了高品质播放高分辨率声音数据的技术。而影像部门也为制作高水平声音积累了所需技术。

然而，二〇一〇年井谷就职时，音响事业的核心是电视机专用扬声器的声音栏和微型组合音响，关于 Technics 品牌这样的高保真音响，井谷回忆说："当时长期处于暂停状态。"

尽管如此，只要问一下音响技术员，就知道他们拥有前景可观的数字功率放大器技术。井谷提出建议说："利用这项技术做高级音响功率放大器的话，应该很有意思。"在他的影响下，多位追求极致声音的工程师聚集到一起，自发开始尝试制作功率放大器。

这就是所有一切的开端。

就这样，从第二年开始，松下几乎每年都研发出松下品牌的微型组合音响，并销售到市场上。它们不是一两万日元一台的廉价商品，其销售对象是听觉更敏锐的音响爱好者。

最初是带 CD 播放器的组合音响，推向市场之后，无论是在音响发源地的欧洲还是在日本，都获得了很高评价。第二年，在该音响上增加了通过 Wi - Fi 可以听音乐的网络功能，再往后一年，又配置了高分辨率声源的播放功能。在不断研发过程中，技术员们渐渐获得了自信。周围的看法也在发生改变。

二〇一三版样品依然是松下名下的，不过增加了高分辨率功能。我们请欧洲音响评论家试听后，得到的答复是："非常完美。你们不妨将这个以 Technics 的名义发售。"

产品制造专家三浦浩一

在音响仪器这种成熟的产业里，仅仅执着追求优良的功能与性能远远不够，消费者按品牌来选择商品。纵观全球，松下这个品牌已经有了"松下影像"这个印象，但在声音方面，好像还没有形成如此强大的品牌。正如欧洲评论家所指出的那样，我们做出了技术精湛的好产品，但是在声音领域的品牌影响力上，Technics 这一品牌应该更值得信赖。当时，除了技术员之外，在产品策划和销售等部门，对井谷他们的音响研发感兴趣的人也开始增多，并掀起了热烈讨论。于是，二〇一三年当时的音响项目负责人根据自身经验向津贺提出请求，说："音响项目缺少品牌价值。为了填补这一空白，我们需要 Technics 品牌。"

因为公司内部一直统一使用松下品牌，所以这一请求暂时被驳回了，但通过在日本、英国和德国进行市场调查后发现，Technics 的品牌价值在数字媒体方面具有明显优势。因此，后来津贺也表示同意重启 Technics 品牌，这就是自下而上的管理模式。

后来我才得知，据说在家电行业的全球化浪潮中，为了在与中国等发展中国家企业之间的竞争中胜出，津贺考虑的不是低价竞争，而是如何去确立高价格、高品质的品牌。据说他对 Technics 充满期待，认为它也许能够成为这种高价格、高品质的领导品牌。

就这样，通过一点一滴的经验积累，二〇一三年八月公司内部正式启动 Technics 复活项目。

井谷被选为该项目的技术领导，调动后的井谷今后就专属 Technics 团队。如前所述，井谷因想从事音响工作而进入松下电器，他对 Technics 的思考也受到了小幡所长教导的影响，所以深知责任重大，必须全力以赴。另一方面，他对 Technics 的辉煌历史越了解，就越感到不安，担心和当年的 Technics 相比，现在到底能做到什么程度。

就这样，Technics 重启之路正式开启。那年十二月，我们邀请欧洲评论家在门真市的研发中心秘密举行了试听会，结果获得了相当高的评价，这使我们对重启 Technics 更加充满期待。

然而，这毕竟是停产了四年的品牌，正如井谷所担心的那样，还存在一些问题。其中一个问题就是，由于 Technics 品牌旗下的高品质音响开发在二〇〇〇年上半年就停止了，所以懂技术和声音的人都已经到了退休年龄，很多人已经退休了。

于是，公司在对我进行人事调动时，把三浦浩一也调到了 Technics 团队，他现在担任 Technics 产品制造总负责人。在此之前，三浦在马来西亚的松下电器音响生产工厂任职。

他于一九七八年进入公司。在学生时代就制作过真空管功率放大器，是一个不折不扣的音响发烧友。进入公司以来，一直在音响项目部从事 Technics 的工作。二〇〇〇年前后，还参与了 Technics 最后的功率放大器的研发工作。之后，在马来西亚的音响工厂负责设计与生产技术，对音响生产第一线了如指掌。

三浦在接到被调到 Technics 团队的人事通知时，一开始好像也觉得重启项目困难重重。

二〇〇〇年左右三浦研发了最后的功率放大器。在那之前，Technics 每年都会在欧洲举办专家研讨会，邀请欧洲评论家（多的时候有一百名左右）到萨尔茨堡或摩纳哥等疗养地，连续几天展示新音响产品。其目的在于通过具有影响力的评论家认可 Technics 品牌产品，扩大产品优势的知名度。我自己也曾多次出差去欧洲参加 Technics 专家研讨会，并就有关产品内容进行说明。

但是，二〇〇一年三浦参加的那次专家研讨会却是最后一届，地点在希腊的罗德岛。因为 Technics 独木难支，所以和松下共同举办研讨会。本来，这届研讨会恰逢 Technics 在欧洲的三十周年庆，但在举办之前，却得知 Technics 的高保真音响商品即将停产。对三浦来说，那次活动似乎让他亲身感受到了高级音响市场规模的萎缩。

能够区分声音的最后一环

二〇一四年三浦参与策划后，音响项目的氛围确实改变了不少。

的确，由于互联网的普及，进入二十一世纪之后，人们对音乐的要求，比起音质，更倾向于便利性和简洁化。

不过，另一方面，由于互联网的基础设施不断完善，人们很容易获得高品质、高分辨率的声源，"高品质的声音"再次成为焦点。Technics 此前一直追求的是如实再现原声。当前这种环境中，我们也许可以对此重新思考一下了——这一时机已然到来。

作为高级音响品牌，Technics 团队需要解决的一个难题是要在高品质声音方面胜出，需要寻找到这样的人——既具有艺术感性又拥有敏锐听觉，同时还是音响技术员与音乐发烧友以及评论家之间的桥梁。估计就是因为这个缘故，我才会被选为对声音有决定权的负责人。

经验会变成坚定的信念。只要一直保持信念和热情，这种时刻总会到来。

自进入公司以来，我有两次经验转变为坚定信念的瞬间。第一次在第六章已提到过，当时我初次在美国爵士乐节上演奏，全场听众都起立鼓掌为我喝彩。

第二次是公司任命我负责 Technics 重启的时候。

带着对音响的憧憬，我进入到松下电器，每一天都执着于追求再现艺术；作为爵士钢琴家，每天都在接触音乐的源头；每天被飞速发展的网络折磨；通过社会文化活动的品牌交流活动，每天发现社会和企业之间的各种接点。现在，所有这些经验全部汇集于此，使我获得这次机会。

作为音响技术员、钢琴家和企业员工，我会充分发挥此前磨练出的技术和感性，去追求理想的声音。这应该就是使命吧。

在接到工作调动通知后的一个月时间里，这种想法越来越坚定。

非本公司制造的扬声器

然而，这个项目从一开始就很不顺利。

"虽然五月份才开始新工作，不过你不妨先去拜访一下负责董事楠见。"

品牌交流本部部长告知我工作调动后的一个星期，也就是四月上旬，我拜访了在门真市的楠见雄规（现在担任电化住宅设备及其公司副社长，负责家电项目）。楠见没有对今后提一些特别要求，不过最后他这么说道：

"我们现在做出了几件样品，你帮忙听一听，可以吗？"

我跟在楠见后面，进入了视听室，眼前的景象使我目瞪口呆。

在这里，我看到的是后面会被生产并推向市场的最高等级 R1 系列的样品原型，销售价格范围为数百万日元一台，也就是说定位是品牌旗舰产品。

可是，我眼前只有一台在临时搭建的简陋房子里组装的功率放大器。而且，跟它配套的扬声器竟然还是其他公司产的！

试听完之后，楠见询问我的意见，我不知该如何作答。

"功率放大器和扬声器之间的兼容性存在问题，还有……"

我察觉到身后的技术员们神情微妙的心情，尽量小声说道：

"不过，已经很了不起了……"

接下来，他们让我听的是书架型扬声器，这个比刚才的旗舰款版本小两个型号。

所选声源是温柔安静系列的女性歌声。技术员们想通过这首很难找到缺点的曲子，安然度过这段时间——这种

"无言的声音"，我能听得出来。

我不假思索地开口问道："这个，你们究竟打算卖多少钱？"在进行声音评价之前，我更在意的是从终端用户的角度看性价比。

"如果上面要求这个声音卖几十万日元，怎么办……"

现在这个水平与我的预期相差甚远。

其实，这也无可厚非。因为，当时正式项目才刚刚开始启动。技术员们做的非正式项目逐渐扩大后，终于打动了社长，社长同意后，项目才得以正式启动。

不过，这个时候已经确定了宣布重启 Technics 的最终日期。

九月份，欧洲市场最大的国际交易会"IFA 2014"将在德国柏林召开。我设想了一下在柏林可以公布的水准，结果不容乐观，但是他们是我今后要一起工作的团队同事，所以我说出了当时那个时点能够给出的最高评价：

"总之，我觉得没有往糟糕的方向发展。"

此时，距离国际交易会的大舞台仅剩下五个月了……

第十一章　在柏林发出复活宣言

作为 Technics 的领导，迎来了欧洲最大的交易会
"IFA 2014"

这本书将于二○一七年二月出版，届时 Technics 已有三个等级（R、G、C）的产品。Reference Class（R）是 R1 系列，Grand Class（G）包括黑胶唱机 SL－1200G、先进的数字网络 G30 系列等，Premium Class（C）中有 C700 系列、组合式 OTTAVA 等。

R1 系列是 Technics 技术的结晶，同时象征着 Technics 的哲学理念。集齐功率放大器、播放器和两台扬声器这样一套设备，大概需要五百万日元。该版本是面向真正的音响爱好者的旗舰款，是音响系统的集大成者，在重建 Technics 品牌过程中不可或缺。

C700 系列面向所有音乐爱好者，是高分辨率立体组合音响，同时还继承了 R1 系列的概念和高音质技术。集齐功率放大器、播放器和扬声器这一套设备大概需要五十万日元。这套高分辨率立体组合音响的一切和 R1 系列相比，几乎都小了两个型号，不论是价格层面还是尺寸层面，都更容易入手。

黑胶唱机 SL－1200G 型号继承了世界第一个直接驱动唱盘的哲学理念，它是由所长小幡修一带领的团队研发出来的，与前面的 R1 系列和 C700 中的功率放大器或扬声器一起，可以欣赏模拟式黑胶唱片。

OTTAVA 则完全颠覆了此前的高保真音响价值观，是一款具有全新理念的产品。它凝聚了 Technics 自身的高品质技术，将播放器和功率放大器合为一体构成一套组合。设计精巧，结构紧凑。该商品的目标对象是喜爱音乐并追求自我生活方式的女性，价格适中，约二十万日元。

二〇一四年五月，我们计划首先提高最高级别 R1 和 C700 样品的完成度，同年九月在国际交易会 IFA 2014 上进行发布。在那里接受评论家和媒体的评价后，在二〇一五年到来之前一口气把它推向市场，实现商品化。

在此之前，我们这里汇集了很多人才，包括各部门中工作与音响有关的工程师以及公司内部主动加入进来的年轻的音乐爱好者，共计约五十人。工程师们包括：此前在井谷带领下主动推动 Technics 走上重启道路的技术员们，以及原本从事 Technics 的工作，后来被分配到电视机"VIERA"、DVD 刻录机"DIGA"和车内音响等各部门，从事与音响相关工作的技术员们。年轻的音乐爱好者则是通过公司内部公开招聘自己报名的人员。不仅仅是技术员，甚至连设计师、商品策划以及市场营销人员也逐渐加入了进来。

从负数开始，重新再出发

五月份到任之后，我做的第一件事，就是将旗舰款版本的 R1 系列扬声器组件全部改用自己公司的产品，而这意味着要从设计开始一切推倒重来，对于技术员来说，任务非常繁重。但是，现在要重启辉煌的 Technics 品牌，旗舰款版本必须全部使用公司自有产品。我认为，为了实现自己追求的声音而不妥协，这样做是理所当然的。

Reference Class R1 系列

是新生 Techincs 的旗舰款版本，也是凝聚音响技术的高端音响系列。由落地式扬声器、网络音响播放器和功率放大器构成。配齐一套设备大约需要五百万日元。

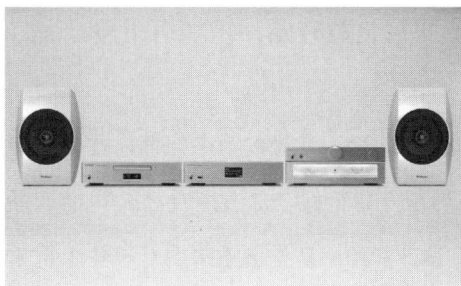

Premium Class C700 系列

高分辨率立体组合音响，继承了 Reference Class 的理念，面向所有音乐爱好者。配齐功率放大器、播放器和扬声器一整套设备大约需要五十万日元。

那么，为什么这个阶段旗舰款版本 R1 系列的低音专用组合不是自己公司的，而且功率放大器的样品还是临时组装的"临时结构"呢？实际上，C700 系列与 R1 系列虽然是同时进行的，但是由于前者是紧凑型且销路较好，所以其研发领先于后者。

以井谷为首的非正式技术员团体一点点积累技术，切实提升了微型立体组合音响品质。Technics 重启之前的路最初就是由此开始的。而这并没有花费大笔研发预算费用。

重启 Technics 时，此前从事相关工作的成员首先想到的主要是高分辨率立体组合音响，而这与他们成功研发的小型立体组合音响相似，毕竟约百分之八十的技术员此前一直从事的是 C700 系列的研发工作。

然而，重新思考一下，才发现新生的 Technics 一切必须从零开始。不，与其说是从零开始，不如说是从负数开始。因为它是曾经停产过的品牌，技术的传承也中断了，既没有之前制作样品的模具，也没有流通店铺。

由于停产，客户和经销商对于品牌的信任度也受到了损害。

一定要让 Technics 重新获得信任，并使其作为高分辨率音响成为更加令人憧憬的品牌。

对此，旗舰款样品 R1 的成功不可或缺。不论是对以前的 Technics 粉丝，还是对未来将成为 Technics 粉丝的人，我都想给他们展示出最好的样品，让大家感叹"不愧是 Technics"。

上任之后，为了尽快提高 R1 的完成度，我一口气招了很多从事 R1 研发工作的技术员，并和井谷、三浦一起加速推进项目的进展。

R1 系列由功率放大器、播放器和扬声器构成，而 C700 系列由功率放大器、CD 播放器、网络播放器以及扬声器构成，我们的目标是使这七种机种全部具有过硬品质。

如果选择其中任意一个产品，集中精力提高声音完成度的话，可能还游刃有余。可是，如果提高了功率放大器品质，扬声器品质不佳就会很明显，而如果提高扬声器品质，那么播放器品质就又让人介怀……鉴于这种情况，要全部提高这七种机种的品质，可谓难度非同一般。今天是扬声器，明天是播放器，后天是功率放大器，每天不断重复按顺序解决问题。

产品目录中标注的音响规格，只能反映声音的其中一面。包括频率（声音的高低）、动态范围（声音的大小）、噪声、变音以及反应时间等。把这类物理特性提高到一定水平，是最基本的工作。事实上，具备了这些规格之后，困难才真正开始，而这也正是考验音响技术员技术水平的地方。

比如，即使是一个功率放大器箱体，箱体由于邻近的扬声器发出声音而发生振动，内部电路受到影响，声音就会因此而改变。所以，不论是大部件还是零部件的安装方式，都会对声音产生影响。决定声音优劣的就是这一个个部件的选择与搭配。调试零部件并尝试组合，找出哪种组合最好，对于技术员来说，是一个脚踏实地且花费时间的过程。这与厨师的情况如出一辙，厨师选择满意的食材，然后在创意上下工夫，最后满足美食家的味蕾。

最大的难关——"声音裁决"

对于研发团队来说，最难攻克的一关应该就是我的"声音裁决"了吧。

三浦浩一回顾过去的时候也说："基本上，要通过小川的裁决是最难的。"

所谓"声音裁决"就是决定产品音质的最后一道工序。我和技术员们坐在样件前，然后播放乐曲。一般都是七八个人一起，多的时候召集大约十五人进行试听，然后由我做出关于声音好坏的裁决。这个裁决才是我最大的责任，也是我在 Technics 重启过程中最应该发挥作用的关键地方。

决定音响优劣的关键在于其最后发出的声音。正因为声音是不可见的，负责人最后拍板时必须有足够的魄力。

声音非常敏感，所有因素都会影响到它，包括零部件、布局、不必要的振动、配线方式、拧螺栓的方式等等。最后必须做到实在无可更改为止。

我理想中的声音，是功率放大器、播放器、扬声器它们自身在"演奏音乐"，跃动感十足，充满生机与活力的。必须发出那种鲜活的声音。音响这个东西是再现艺术，如果不能让人感受到人类演奏生动声音时所具有的那种能量，就不可能向听众传达任何东西。

"和竞争对手公司相比，我们的产品在物理特性上更胜一筹。"这并没有意义，如果不能让听众感受到其中蕴含的生动能量，就不能抓住人心。而要达到这个要求，确实需要花费很长时间。正是因为不容易达到，所以才充满神秘和乐趣。

比如说，花样滑冰有艺术分和技术分，就算你的技术分很高，后面的艺术分达不到的话，在完成度上还是占劣势。如果不能在这两个方面都取得好成绩的话，就无法在世界范围内竞争。而且，艺术表现正是通过扎实的技术才得以呈现。要想增强艺术表现力，必须具有精湛的技术。

特别是 R1 的扬声器，因为完全是由低音组件变更而来的，所以根本就没有时间提高，直到七月份左右外观才初见雏形。但在音质提升方面，则远未达到目标要求，还有几道难关。有时情况会突然向好发展，取得重要突破，但在此阶段遇到障碍，就很难接近目标。

那年七月，我们很草率地邀请了评论家们来到东京国际会议厅的会议室，请他们试听 R1 和 C700 的声音，而这给我留下了不太美好的回忆。

我将外观还没做好的功率放大器以及外部装饰仍然是白木的扬声器拿到了会议室。在两天时间里，请多位日本著名评论家一个个地试听。也许是因为我们的产品没有最终完成的缘故，有的评论家给出了严厉批评。

其中一位评论家老师一边咚咚地敲击着 R1 的扬声器，一边冷冷地说道："还差得远呢！"

设计团队的苦恼

与研发团队一起，设计团队也在做最后的冲刺。

不过，设计团队本来就有很大的烦恼——在设计即将重启的 Technics 时，如何在传统要素和先进要素之间取得平衡？

一九七○年代可以说是 Technics 的黄金时期。有很多粉丝非常了解那个时代，所以当时的研发者提出"重启 Technics 时，希望有效利用过去的设计"，自然也就在情理之中。

但是，考虑到今后 Technics 的发展，还应该有新的设计目标。所以，设计团队首先将不同的设计大致分成三类，然后慎重地向这三类设计师征求意见。这三类设计师包括：曾经研发过 Technics 但现在已经退休的设计师、一九八○年代前后进入公司的设计师以及一九九○年代进入公司的设计师。

R1 系列和 C700 系列的设计完美体现了传统与现代的融合。

大型指针仪表是 Technics 黄金时期的象征，R1 和 C700 的功率放大器上重新使用了该指针仪表。同时，还改变了可能被现代人认为已过时的橙色灯光，采用了符合现代潮流的银色外观和白色间接照明。

R1 的扬声器也是如此。有很多意见认为,外观采用暖色木纹风格设计比较好。但是我们最终决定采用具有时尚效果的钢琴黑光泽壳体。设计团队还征询了已退休老员工的意见,追求设计的尽善尽美。

和乐器一样,音响也会因形状不同,声音表达方式发生改变。要想发出好音质,必须造出好形状。只有这样,才是好的设计。在这方面我们追求极致。因为,我觉得这才是为声音考虑的设计。

产品设计方面,设计师至今仍对一件事情记忆犹新,那就是 R1 功率放大器的电源开关的蓝色 LED 灯。

进行声音裁决的时候,我看着样件,直观感觉那个小灯发出来的蓝色光线过于强烈。无论是品质还是完成度,我都追求世界最高等级。可是,那个蓝色灯光影响了整体品质,让我无法释怀。我立刻去找设计师确认,得知当时的灯光亮度确实比设计时要高。在我看来,虽然只是微不足道的小灯光,但看到的瞬间会让人感觉不协调,不符合 Technics 的理念,所以绝对不可将就。

重启前一个月处于合住状态

就这样，在各方努力下，勉强在八月份达成了关于外观的共识。IFA上的发布会是九月三日，我们决定八月二十日将产品寄到柏林，之后是面向IFA的最终扫尾阶段。研发团队轮班，一直守在试听室。完全就和体育部集训一样，大家吃住都在一起。

即使是在这个最后的冲刺阶段，在声音裁决、优化声音方面，我也绝不含糊，直到最后还在不断吹毛求疵。因此，研发团队或许一直惴惴不安——"还不行吗"。

但是，正是由于我的吹毛求疵，有时情况会突然向好的方向发展。如果我对品质要求不高，对大家说"做得很好，打九十分"，如此一来，他们就会松懈。技术员就是如此，如果我说"还远远不够"，他们就会继续提高品质。我认为这是自己的职责所在，所以特别严格。

品质不过关的话，扬声器一响我就能听出来。

到了八月份，扬声器再次发出声音的那一瞬间，我知道音质终于过关了。于是，我播放各种不同类型的乐曲，并集中精力听上一两个小时。通过试听各种声音，可以清楚地知道该器械的优点和缺点。

接着，我用明确的语言表达了自己的看法，比如说"请集中注意力听一下这个乐曲用单簧管发出的声音""请将这个次中音萨克斯管声音变得更浑厚一些"，或者说"这个演奏者的话，应该会发出这种声音"等。我通过语言具体表明自己所听到的感性判断标准，通过这种做法尽量减少技术人员的判断失误。

从技术层面来解释这些语言，会是怎么一种情况呢？对此，我自己不断进行思考，同时还经常向三浦和井谷请教，然后由他们两人和研发团队进行讨论后落实。比如"为了改变电波流向，中间放一个阻隔物看看""因为箱内的电磁波会产生噪声，要想办法去控制它"等等。这项工作持续而细致，可是，如果没有这项工作，就无法提高声音的完成度。三浦说："担任了 Technics 的负责人之后，感觉如果不是真正喜欢音响的话，根本无法胜任这份工作。"这应该是他的肺腑之言。

当然，付出辛勤汗水的不仅是研发团队和设计师，市场营运部门也在努力做筹备工作。公司计划在 IFA 上发布 Technics 重启时，同时启动域名为 technics.com 的网站。该网站独立于松下，是 Technics 的专属网站。但是，由于该网站的建设与研发工作几乎是同时开展的，所以相关素材总是不齐全，为此网站建设人员吃尽了苦头。

就这样，参与 Technics 工作的所有人都废寝忘食地专注于工作，八月二十日的时候，产品已经达到了能够拿到 IFA 的水平。

其实，那年八月，我还以钢琴家的身份与关西爱乐管弦乐团一起举办了一场联合演奏会。在大阪和泉音乐厅的八百名听众面前，我演奏了乔治·格什温的《蓝色狂想曲》。这场演奏会早在一年半之前就定下来了。那几个月，我每天从早上五点开始练习演奏，练一个小时之后去公司上班。越忙，事情越神奇地凑到一起。

在柏林禁了一周的酒

我于发布会一周之前飞往 IFA 的舞台——柏林。

但是，我们的工作还在继续，IFA 会场上的试听房间环境必须到现场才能确认。到达现场之后，三浦浩一等人按照现场环境，对功率放大器和扬声器都重新做了调试和修正。

到了柏林之后，我在选曲方面花费了较多时间。适合在会场上试听 R1 的乐曲应该是什么曲子呢？通过反复考虑，我严格指定：女性声乐，用这首乐曲的几分几秒到几分几秒；贝多芬钢琴协奏曲，用这个部分，这个音量。我选择用这种方式挑选出了最能体现 R1 高品质声音的乐曲。

此外，只要一有空闲，我就会去施坦威商品展厅。该展厅大致位于 IFA 和我们居住的酒店之间，车程约二十到三十分钟，那里摆放了一架用来练习的大钢琴。因为计划在这次品牌重启发布会上由我弹奏钢琴，为了在正式演出时手指灵活，我就在这里练琴。

关于在柏林的这段回忆，我曾经问过三浦和井谷，他们的一致回答是："印象最深刻的是，小川你竟然禁酒了。"那时，我们每天都在结束一天的工作之后，去会场附近的中餐厅吃晚饭。因为工作到很晚，我们每晚去用餐时，店铺都快要关门了。为了能够在发布会上倾尽全力，临近发布会前一周，我硬是忍着没喝酒。也许是因为平时在日本我经常和团队成员一起喝酒，而这一周却禁酒的缘故，体现出我对此次发布会的高度重视。不过，那段时间三浦每天都在我身边喝酒……

在柏林，最后的最后还是出现了问题。

为了以后的批量生产，在前往柏林之前，R1系列的功率放大器上的导热小零部件被换成了公认性能更好的零部件。在我们出发去柏林之后，留在门真市的技术员在桌上重新做验证实验时发现，如果不还原成模型上使用的零部件的话，晶体管可能会损坏。因为是结构非常复杂的零部件，只有那位技术员能够修理。

了解到这个情况后，我让负责零部件的那位技术员马上带着更换用的零部件坐飞机赶到柏林。他当天晚上就从日本出发，第二天早上就到了德国。可能是因为精神过于紧张，他在飞机上没怎么睡着。

在现场，他一边克服睡意，一边花时间一台一台地更

换六台功率放大器的零部件。虽然他的细致工作最终帮了
大忙，但我确实一直在提心吊胆："正式演出时功率放大
器会不会坏掉呢?"

Technics 重启的瞬间

会场光线转暗，大屏幕上播放出反映 Technics 世界观
的影片。我的手指在钢琴琴键上飞舞。为了这一天，我在
八月忙碌的日程安排之中，特别挤出时间，结合该影片，
自己创作了一首特别的乐曲。

影像中的舞者、日月、星空、大海、山峦等场景不断
转换，时空交错。我满怀着对音乐的热情以及对 Technics
重新启动的激动情绪，在现场投入地演奏了我作的这首曲
子。大概一分半钟之后，当大屏幕上打出"重新发现音
乐/Technics"这串文字时，我奏起了结尾的和声。

瞬间，场内鸦雀无声。

接着，我从钢琴前站起来，走到舞台中央。主持人把
我作为 Technics 的负责人，对观众进行了介绍。

这时，会场里出现了一阵骚动。本来，在高保真音响领域男性占绝对优势，且技术占绝对优势。而这个负责人竟然是钢琴家，而且还是一位女性，会场中的人们似乎对此感到非常诧异。

我的演讲包括以下很多内容：从一九六五年扬声器Technics1诞生开始的历史，现在正是应该使 Technics 重启的最佳时期，五岁时在客厅听到父亲用模拟式音响播放出美妙的音乐，自己邂逅了音乐之精彩，音乐引发的感动是人生不可或缺的一部分······正因为如此，Technics 以"重新发现音乐（Rediscover Music）"作为品牌核心，去重新发现音乐，传播感动。

接着，我发布了终于完成的 R1 系列和 C700 系列，来自世界各国的媒体闪光灯都聚焦在这两个光彩夺目的产品上。

我的产品发布会以钢琴演奏为开端，接着描述了Technics 的历史、重启的意义、音乐带来的感动、品牌的理念，并把这些与 Technics 的技术结合了起来。只有技术的话，无法实现 Technics 的重启，它需要一位中间人，将演奏者内心和听众情感之间某些微妙的东西翻译并调整为技术。

而我就担负着这个角色。重新发现音乐，并希望别人也重新认识音乐——这一品牌核心也是我不断体验尝试后的结晶。

决定在全球范围内将品牌口号定为重新发现音乐的时候，很多人表示不理解。对此，我认为，通过讲述自己的经历，用语言赋予它意义，是我作为负责人的重要职责。五岁时听到柴可夫斯基的《天鹅湖》，我就觉得它是非常美妙的音乐，并为之感动。无论是谁，在年幼时或者青春期，都应该有这种因音乐而感动的瞬间。这份感动会成为原动力，进而喷涌出活力，甚至会改变人生。

长大之后，是否已经忘了这份感动呢？事实是，我们很可能重新发现音乐带来的感动。那么，就让我们再次寻找与音乐的邂逅吧。回首过往，反省自我，心存感恩。

其实，柴可夫斯基那充满哀愁的旋律与我在妈妈肚子里听到的童谣《红鞋子》中稍纵即逝的哀伤有某种相似的地方。因为，音乐的记忆是相连的。

发布会结束后，会场上出乎意料地响起雷鸣般的掌声。其实，与我并排坐在最前面一排的都是我的上司，但大家都赞誉我说"非常精彩"。Technics团队的人也都非常开心，有人说"真是激动人心呀"，也有人说"眼泪都流出来了"，宣传课长则说："我一般是不会给自己公司的演讲鼓掌的，不过今天情不自禁鼓掌了。"我想，这可能是因为Technics的核心理念在我的演讲中传达出来了的缘故吧。

走下舞台的一瞬间，有个坐在第二排的德国人向我快步走了过来。

"非常棒！我对你所说的一切都深有同感。比如如何通过音响来表现对音乐的理解以及对音乐的热情，因为我母亲也是位钢琴家，所以我对此非常理解。"

他是当地的新闻工作者。对于自己能够超越国界准确地传达信息，我感到非常开心。我的独特之处是作为钢琴演奏者谈论技术，而这一点得到了别人的理解。

Technics 重启了！这一点我在柏林切身感受到了。

大家一起举杯庆祝，我前面一周没喝酒，所以这次的酒格外香醇。

但是，R1 系列和 C700 系列的商品化现在才正式开始。首先，虽然已经达到了召开发布会的水平并在 IFA 上进行了发布展示，但是第二年一月份要正式上市的话，还需要进一步提高音质。虽然在 IFA 阶段感觉已达到了最佳性能，但我还是觉得，要最终上市销售，有些工作还没做到位，我认为应该还可以做得更好。事实上，技术员们一直努力到二〇一四年年底，才最终通过了我的声音裁决，达到可以生产的水平。

非常了不起、足以配得上 Technics 重启的产品诞生了。

在送给 R1 系列购买者的每一本使用说明书上，我写上了自己的亲笔签名，开头部分是这样写的：

"可以将最高水平的感动带给世界的时刻终于到来！"

第十二章

梦幻般的黑胶唱机 SL－1200

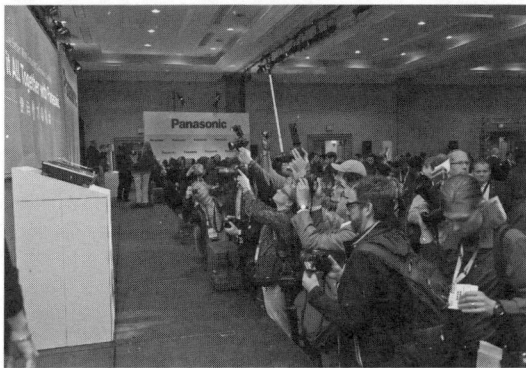

在拉斯维加斯的国际消费电子产品展 CES2016，新生的 SL－1200（SL－1200GAE）备受瞩目

Technics 重启时，一张很关键的牌就是黑胶唱机 SL-1200，它是由一九七〇年小幡修一团队研发出来的 SP-10 发展而来的。Technics 不是通过外部传动带使承载唱片的旋转盘旋转，而是采用马达直接驱动模式，这种方式是世界首创。全世界迪斯科舞厅和酒吧里的 DJ 们都开始使用 SL-1200 的后续产品 SL-1200MK2，研究出了独一无二的搓盘演奏法。

直接用手接触转盘，使之转动，发出擦音。通过声音和节奏边玩边即兴演奏。这对于俱乐部音乐的 DJ 来说，已经成了一个不可或缺的技术。这个搓盘演奏法也是通过直接将马达与旋转盘相连接，从而得到唱盘的大扭力，才得以实现的。

由于连研发人员当初都不曾想到这种使用方式，SL-1200 系列因此名声大振，在一九七〇年代建立了不可动摇的地位。

毫无疑问，这个黑胶唱机就是 Technics 的标志性产品。从一九七〇年诞生开始，到二〇一〇年停产为止，全世界累计销售了三百五十万台。

停产之后，不断有 DJ 及音响发烧友对此表示惋惜。还有 DJ 说："黑胶唱机上承载着我的人生。听到它即将消失时，我的大脑变得一片空白。"

但是，由于黑胶唱机是长期耐用品，所以其所使用的零部件也会不断变旧，并且只剩下库存的商品。二〇一〇年停产时，公司不得不在两者中做出选择——是重新设计研发还是停止生产。

如果研发新产品，就需要巨额投资，而以公司当时的情况来说，很不现实。

从以色列寄来的联名信

要不要重新生产标志性的黑胶唱机？
实际上，二〇一四年九月在 IFA 时，关于是否研发黑胶唱机，我们并没有做出决定。当然，与其说没决定，不如说几乎没有人能够研发它。我希望 Technics 的粉丝们通过 R1 或者 C700 的网播和 CD 播放器来播放音乐，通过数字音响来欣赏音乐。然而，全世界都有 Technics 黑胶唱机的粉丝。有些人确实想通过模拟式唱片来欣赏音乐，而不是数字式的。

宣布复活 Technics 品牌的话，那么各国的经销商、新闻工作者以及听众肯定会问："黑胶唱机怎么办？"

所以二〇一四年在 IFA 的时候，我们做好了相应准备。

当被询问到"是否会重新生产黑胶唱机"时，我只能做出官方式的回答："关于这个，目前还在讨论之中。我们会认真听取市场声音，考虑今后加入 Technics 的旗下。"

但是，从柏林的 IFA 回去后不久，位于门真市的 Technics 研发基地收到了一封厚厚的国际邮件。信封上写的是以色列的地址，对此我完全是丈二和尚摸不着头脑。但是，收件人确实写着我的名字。我小心翼翼地打开，发现里面竟然是一封希望我们重新开始生产黑胶唱机的请愿书。以色列的SL‐1200忠实粉丝通过网络向全世界发出呼吁并收集签名，从而有了这封联名信。签名人数多达两万五千名。

可是，这项技术已经中断。

事实上，我任职之后不久就遇到过下面这种事。

我在会上向Technics团队发问："有没有人想参与复活黑胶唱机的工作？"结果只有一个年轻的事业企划员工很快举起了手，房间一片寂静。

"不做黑胶唱机，还能成为真正的Technics吗？"

看着团队这个状态，我忍不住语气非常严厉地说道。

的确，我也不是不能理解大家的心情。大家肯定疑虑重重：能够生产黑胶唱机的人在哪里？有没有能设计它的人？还有多少人熟知模拟式？再说，总结资料也没有留下来。越是考虑以上这些因素，越是感觉不可能实现。所以，谁都不敢说出"我来做"这句话。

可是，世界上确实有人在期盼着它的重启。

二〇一四年十二月，R1和C700的研发逐渐取得成功。此时，在以色列联名信的推动下，我们正式开始进行面向黑胶唱机生产的调查。为了这个调查，我们特地邀请了曾经是健康家电负责人、刚刚退休的老员工们回到公司，为期三个月。因为完全是不同的领域，我想他们肯定吃了不少苦。

批量生产时需要以前的 SL－1200 模具，然而工厂里还剩下多少呢？此外，模具的状态如何？一旦重新开始生产，还有没有零部件客户再次作为合作伙伴和我们一起推进这项工作？

二〇一〇年制作最后一批黑胶唱机的三浦宽也加入到了对于研发的讨论中。

三浦宽说："在我们这一代，黑胶唱机被迫停产，对此，我心有不甘，非常遗憾。所以，从小川你这里听到重启黑胶唱机的时候，我很开心！"

中断的技术与 Technics 老员工

调查之后发现，技术上的问题果然堆积如山。

最重要的是,调查后才得知,唱片播放器的唱臂部分——拾音器臂的生产技术已经完全中断了,仅仅依靠现在在职的员工显然无法生产出来。

于是,我请来了 Technics 的老员工。大阪府大东市有一家名叫 AQUA TECH 的公司,在这家公司里,以社长玉川长雄为首,有很多以前在音响事业部工作过的老员工。打听之后发现,有一个人是三浦宽的乐团成员,现在担任 AQUA TECH 的董事。通过音乐伙伴这条门路,我终于得到了与玉川社长见面的机会,我提到重新研发黑胶唱机这一话题,试探他的意见。

对此,他这么对我说:"要想重启模拟式唱片播放器,仅靠研发数字式音响的这一代员工应该很难实现。Technics 是我们创造出的品牌,就冲着这份感情,我们也一定要助一臂之力。"

拾音器臂由很多零部件组成。从组装所需零部件的调配,到为了发挥模拟式唱片优点如何使必要的拾音器臂顺畅动作,等等,我们从 AQUA TECH 的 Technics 老员工那里实在学到了太多东西。某个音响事业部的老员工给我们一张零部件图纸，上面的标注单位精确到微米。对此，负责制造的在职员工非常震惊，说："这正是必须恪守的工匠技术啊！"

研发数字式音响的在职员工和创造了 Technics 的老员工融合在一起，树立了一个共同目标——重启黑胶唱片播放器。尽管如此，调查后找到的模具已经完全无法使用。重新再造模具的话，则需要花费巨额研发费用。

结束所有调查并完成可行性分析的时候，时间已经到了二〇一五年二月。此时，向公司方面提交下一年度四月份开始的项目计划工作已经结束。然而，该项目已然推进至此，要决定再次研发的话也只有现在了。

我和上司楠见一起去拜访当时松下电化住宅设备机器公司的高见和德社长，希望能得到他的帮助。

"虽然它不在原有工作计划之列，但现在终于看到了希望，请允许我们重启黑胶唱机 SL‐1200。"

此时，高见说了一句话，令我印象深刻——

"小川，这样的商品必须大家一起制作，并且要让参与了 Technics 工作的员工都为此而感到自豪，不是吗？"

就这样，二〇一五年四月开始，重启黑胶唱机的团队开始正式启动。

一号马达

发布会上，本来应该还有一位大家意想不到的嘉宾与 AQUA TECH 的玉川社长一起来参加的，他就是第一代黑胶唱机的发明者、原无线研究所的小林一二。小林现在住在九州，本来计划在发布会上聆听他讲述关于当时研发直接传动马达的情况，但是非常遗憾，由于身体不适，他最终没能来参加。

不过，玉川社长受小林之托，带来了一九七〇年代的 SL－1200 的一号马达，并转达小林的话说："既然马达还可以运转，就将其敬赠给公司。"团队因此备受鼓舞。看着在面前运转的马达实物原型，我仿佛感到了一种超越时空的缘分。

据说 SL‑1200 刚开始发售的时候，好像情况并不乐观。虽然它得益于直接驱动马达，从停止状态到正常转速只需 0.7 秒，性能非常良好。但是，由于其在日本的主要顾客是古典音乐粉丝，所以没感觉到它有多大的必要性。不过，据我们了解，一九七〇年代中期 SL‑1200 在美国却非常畅销，而且，迪斯科舞厅接二连三地购入 SL‑1200。听说当时的公司员工去美国出差时，看到它在当地的实际使用情况后非常震惊。直接接触唱片，使之停止旋转，摩擦发出声音，这就是 DJ 的搓盘。多亏有这款马达，SL‑1200 马上可以恢复正常旋转。另外，因为音调控制也很准确，所以也适用于 DJ 在不同唱片之间的衔接。

在这之前，虽然我们理解多年来一直如此酷爱黑胶唱机的众多 Technics 粉丝的那种期盼，但是想到要使性能、音质、设计和价格都符合要求，同时考虑到实现 Technics 理念的手段，就越来越畏首畏尾。

一边回顾产品的这段历史，我一边再次和总工程师井谷哲沟通交流：

"如果完全照着以前的 SL‑1200 来做的话，小幡先生肯定会生气吧。"

不管是井谷还是我，我们都有这种观念——Technics
总是向世界最新、世界第一发出挑战，它的历史就是不断
超越自我的过程。

毕竟是再次以 Technics 的名义来做，所以我对所有人
也这么说："我们必须拿出一些新东西来，希望大家思考
如何做出新的 Technics 黑胶唱机，而不是单纯的复制版。"

直接驱动的再定义

以三浦宽为首的研发团队决定从零开始重新审视黑胶
唱机的核心部分——直接驱动马达，也就是重新定义直接
驱动马达。

于是，他们把关注点放在传统的马达结构上。在此前
的 SL‑1200 上，旋转盘也是马达的一部分，最后一步将
这个旋转部分嵌入马达中，马达才最终完成。

由于这种构造会发生被称作齿槽转矩波动（Cogging）
的轻微旋转不稳定现象，我们知道这对声音会有影响。

为了消除这个现象，他们将旋转盘从马达中取出，研发出作为单体旋转的全新直接驱动马达。于是新的心脏就诞生了。

　　为了追求更高品质的声音，他们在旋转的流畅性上精益求精，他们发现：从马达中分离出来的旋转盘越重，旋转就越平滑顺畅。于是，他们在这个部分组装上黄铜，使它的重量比此前的款式重一倍多。

　　其黄铜色也成了设计上的一个亮点。在设计上，底架虽然沿袭了往年的外观，但是它是由十毫米厚的铝块削制而成。由于是纯铝品质，光亮洁净，让人感觉高端、大气、上档次，还能抑制声音引起的振动。

　　在验证及修正旋转精度的马达旋转控制方面，采用了蓝光光盘器械研发时培育出来的最新马达控制技术。技术员们引进先进技术，不断挑战过去没能实现的事。

　　就这样，无论是技术上，还是设计上，曙光已现。为此，技术员们拼尽全力，克服了种种困难。

　　二〇一五年九月的 IFA 展会时，我们将小林赠送的 SL－1200 第一号马达和最新的马达一起并列展示，并向全世界宣布开展研发。

接着，二〇一六年一月，在拉斯维加斯的技术产业界展会 CES 上进行了产品发布。

我的想法是通过模拟式来实现理想声音。以此为出发点，我向声音制作发出了挑战。

追求模拟式特有的声音

我从小就一直听模拟式黑胶唱片，不管怎么说，我的初始体验还是爸爸在客厅听的摇摆乐爵士唱片。那些节奏激烈而又充满活力的爵士乐声音，如本尼·古德曼（Benny Goodman）、艾灵顿公爵、贝西伯爵……就是我的出发点。

另外，还有一个模拟式声音的理想地，它就是岩手县一关市一个叫"贝西"的著名爵士咖啡馆。摇摆乐爵士钢琴演奏者贝西伯爵曾经来过这里。我在这里听到的模拟式声音终生难忘，那声音具有难以形容的温暖、典雅、洒脱、自由豁达等特性。

正因为如此，这次的 SL－1200 也必须能够表现出这样的声音。

不仅如此，我还要求，通过前所未有的平滑旋转，声音必须要做到既无噪声又不变形，空灵、霸气而又别致。

但是，刚开始做出来的模型简直不堪一提，发出的声音感觉就像空心橡胶。

"不对！"

"大家一定要做出内涵更丰富、更具感染力的声音！"我这样鼓励大家。可是，这么一来，又出现了另外一个极端——做出的声音干涩而生硬。

"不是这样的！"我与技术员们反复沟通。

"我希望能做出只有这个 SL－1200 才能发出的声音！"我对喜爱爵士乐的技术员说，"嘿，你听一听这个索尼·罗林斯（Sonny Rollins）的萨克斯。我希望这个声音听起来更浑厚些。"就这样，我通过具体描述表达了自己的要求，做出的声音和我想象中的声音越来越接近。

十二月初的一天傍晚，研发团队请我过来试听。听完之后，我说："啊！这正是我想要的声音！"询问之后，才知道原来有一位技术员本身就是喜欢弹吉他的音乐发烧友，他对非常细微的部分都进行了反复调试，最后甚至对黑胶唱机底座部分绝缘体内橡胶的柔软程度也精益求精，还在海外寻找到了α凝胶的素材并让人寄到国内，这才有了如此理想的效果。

"从不曾改变，改变了所有。"

这是新生 SL‑1200 的广告宣传语。经久不衰的经典名机 SL‑1200，赋予它新定义的黑胶唱机就这样诞生了。

正如"从不曾改变，改变了所有"这一宣传语所描述的，新产品改良了作为心脏部分的直接驱动马达，通过更加平滑的旋转，完美再现声音。

二〇一六年一月在拉斯维加斯举行的 CES 上，我宣布 SL‑1200 黑胶唱机重启，反响之大出乎意料。在 Facebook 的页面上出现了十二万个"点赞"，并获得两万次的转发。全世界的人们反响如此热烈，仿佛可以听到他们发自内心的感叹——"终于出来了！"据说这个点击量

第一代 SL‐1200（上）与新生代 SL‐
1200GAE（下）

与 Lady Gaga、泰勒·斯威夫特（Taylor Swift）等全球流行巨星在 Facebook 上的数字持平。果然，SL‑1200 的人气没有衰减，同时，还得到了评论家及经销商们的祝福。有一位 DJ 高兴万分地说："英雄归来了！"

限量版三十分钟内售罄

不过，完全重启之前，还有最后一个问题，那就是商品的价格。

本来就是从头开始重新设计的，所以可以预测其价格会是以前型号的一倍以上。但作为高保真品牌旗下的模拟式播放器，为了达到引以为傲的效果，我们在制作过程中精益求精，追求完美的声音，对材料也非常讲究，只用黄铜和铝等，把匠心工艺发挥到极致，所以最后将销售价格定为三十三万日元。这个价格是二〇一〇年结束生产时价格的四倍左右。三浦宽等以前参与过 SL‑1200 生产的最后一批技术员和几名团队成员一起，四处奔波，用坚韧不拔的恒心和毅力最终完成了研发工作。不过，现实形势并不容乐观。

据销售部门调查发现，这个价格范围的黑胶唱机，即使是畅销款，每年也只能销售几百台。

我的计划是二○一六年四月首先作为 SL－1200GAE 限量版销售几千台，但销售部门说："由于没有先例，应该不会卖出这么多。"

考虑到来自全世界的两万五千个签名，我提出起码销售三千台的要求，但是销售部门说，"说得极端一点，五百台都有些困难。"而我脱口而出："差一位数！"这让负责商品策划的年轻员工陷入了左右为难的状态。不过，我告诉他说："参与到这种传奇的经典商品中来的机会在职业生涯中并不多哦。所以，你一定要加油！"

销售部门通过市场上的先例对销售情况进行预测。为了精准定位，技术和商品策划都有想发掘潜在客户的需求，所以非常耐心地向营业部门传达这种想法。

最后，大家终于达成一致，套用 SL－1200 这个型号上的数字，我们最后决定限量生产一千两百台。

四月份开始预约销售，结果显示，一千两百台中，面向国内的三百台在开始预约后的三十分钟之内完全售罄。面向国外的九百台也在当年九月份我前往 IFA 之前完美售罄。真是出色的团队协作！

刚进公司的时候，在小幡所长的激励下，我无所畏惧地不断对新事物发出挑战，思考世上没有的东西，并把它创造出来。因为结果无法预测，所以过程充满了艰辛。但现在回想起来，真是非常感谢在音响研究所的这段经历，所以，我希望今后的年轻人也要有这样的经历。公司职员生涯真的是转瞬即逝，现在我已经站在了当时小幡所长锻炼我时的这个位置上。

继承了 Technics 基因，SL－1200 重启了。二〇一六年九月开始发售的普通版也进展顺利。因为限量版在国内三十分钟即告售罄，好像很多人都没能买到。毫无疑问，正是因为有了这个黑胶唱机，该品牌才得以成为经典。

就任 Technics 负责人一年之后，二〇一五年四月，经社长津贺亲自任命，我开始担任董事。

我的职务是松下电化住宅设备机器公司的常务理事兼Technics品牌项目负责人。以前的工作全部都是围绕Technics，而现在变成了整个公司的常务理事。在松下公司内，不仅负责AV器械工作，还要管理从生活家电到设备器械这样大范围的电化住宅设备机器公司的工作。十一月就任家庭娱乐事业部长，下属员工数量也一下子增多了。虽然也很担心自己的工作与Technics究竟有多大关联，但是当时Technics品牌正在重建中，需要与此前一样地投入精力。我和一起奋斗至今的同事们一起分担责任，尽量挤出时间给Technics。

据说，电化住宅设备机器公司的本间哲朗社长刚上任时，对于如何给松下家电的未来定位感到非常苦恼。他的结论是"憧憬"，后来提出了"憧憬更多"（Aspire to more）这一公司标语。为了提供让人心怀憧憬的生活方式和居住空间，他坚信创造出高感性价值的家电非常重要。家电是整个松下公司的基因，也是生活中密切使用的身边物品。正因为如此，憧憬可能成为优化生活、优化人生的原动力，而且这种实践可以提高家电的价值。我将Technics 品牌的产品定义为具有世界最高品质和完成度并且能传递音乐带来的感动的产品。本间希望 Technics 不断创造出感性价值，为了不辜负这个期待，同时为了得到消费者的喜爱，Technics 所有成员每天都在不断付出努力。

早在最初参与 Technics 重启工作的时候，我就对三浦和井谷说："产品自不必说，我们首先要把作为品牌核心的技术在三年之内研发出来。"

不管是功率放大器还是播放器、扬声器，我们在三年内完全确立了 Technics 的核心技术，并充分发挥这个技术，使品牌更加成熟。我期待将来充分发挥这些完美成熟的技术来打造品牌。

二〇一四年重启，二〇一五年开始按三个等级开展高保真音响产品工作，二〇一六年重启品牌标志产品——黑胶唱机，我们一步步靠近"重构 Technics 品牌"这个目标。

但是，考虑到开拓 Technics 的未来，我认为必须要有与以往价值观完全不同的产品。其关键词就是"女性"和"小型化"。

第十三章

以『女性音响』开拓未来

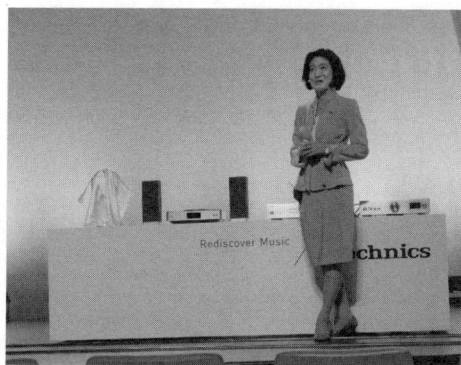

凝聚了 Technics 技术的微型立体组合音响。
它音域宽广，声音效果令人震撼

保持"又重又大"的状态就可以了吗

一九六五年 Technics 诞生，二〇一五年迎来了它第五
十个生日。在此，我想表达的不是"Technics 迎来了五十
周岁生日，非常感谢大家一直以来的关照"，而是"今后
五十年依然使 Technics 品牌继续保持辉煌"。为了开拓未
来，今后必须向"女性消费者"市场和"小型化"发出挑
战。"女性消费者"市场意味着必须转变此前的价值观，
并且创造出相应需求，而"小型化"则意味着必须浓缩
技术。

之前的音响价值观是"笨重、体积大的比较好"，比
如，在高端音响界，即使是功率放大器行情也达到了每千
克三万日元，所以 R1 的五十千克功率放大器大概就要一
百五十万日元。重量越重价格越高，这种价值观确实

存在。

我们为 R1、C700 以及此前创造出来的 Technics 旗下商品感到自豪。只是，现在的现实情况是，购买高端音响的人群中，年长男性占了百分之九十以上。为了今后五十年依然能够使 Technics 品牌继续保持辉煌，依靠"必须是又重又大的音响才能发出好声音"这一价值观，品牌是否能够存活下去呢？喜欢 Technics 的粉丝群年龄不断增长，当现在只用手机听音乐的年轻人到了四五十岁的时候，他们真的会对又重又大的 Technics 产生兴趣吗？

另一方面，听音乐的人群中应该有一半是女性。仔细想想，演奏音乐的可以说女性更多一些，就连初中、高中的吹奏乐队应该也是女生更多，可是，为什么女性很难接近音响世界呢？

这种现象并不仅限于日本。"女生不要靠近音响！"——在音响大国德国，这种观念现在依然存在。我在德国作为 Technics 负责人进行自我介绍时，经常被问道："你一个女性，怎么……？"在高保真音响领域，确实存在这么保守的思想。

不被男性技术员理解的理念

毫无疑问，我们会继续重视忠实的音响发烧友。但是考虑到今后，我想做出能够让音乐发烧友和音乐爱好者都能喜爱并触手可及的 Technics 产品，不一定非要对着机器听，无论身在何处，声音都萦绕在身边。

如此思考的时候，我发现自己想研发的东西必须具有崭新的价值观——"小巧玲珑但却能发出震撼心弦的宽广频响高保真音质。将技术凝聚到极致、缜密而精炼的音响只有日本才能做到。"必须制作拥有这种理念的微型立体声组合音响。我想制作迄今为止松下没有做过的、世上没有的东西，Technics 必须是开创新时代的品牌。

当我说出"我想要做体积小而炫、有价值、异于以往音响价值观的东西"的时候，说实话，周围没有人能理解我的本意。这也可以想象，本来 Technics 的技术员中就没有一个女性。

制造总负责人三浦浩一对此非常不以为然。

当我说完想要制作具有全新价值的微型立体声组合音响，并且对理念进行说明之后，他看都没看我一眼。

总工程师井谷哲也也同样如此，我最近问他时，他依然说："我一直都认为这是不可能实现的。"

对于音响，人们有种根深蒂固的观念，认为"只有又重又大，才能发出好声音"，为此，松下进行了几十年的研发，创造出了辉煌业绩。

但是保持一成不变，就这样继续下去的话，又重又大的音响会不会变成化石，只剩下智能手机呢？想到五十年后，高保真音响事业因这种固步自封而停滞不前，让人不禁产生上述担忧。

我一直认为，以前音响世界没能吸引女性是罪过。手里拿什么档次的东西，就有什么档次的体验——这个道理早在我进公司之前就通过乐器或运动用品深刻体会到了。我工作第一年就非常幸运地强烈感受到：原来音响器械也是一样。所以，我想将这一价值观念分享给喜爱音乐的女性朋友们。

我想女性可能都有一种想把好东西留给下一代的本能，就连对孩子也是如此，从他们很小的时候就开始注意他们的饮食以及接触的东西。在声音的世界也同样如此，女性如果发现了非常好的声音，她们应该就想将这个声音留给下一代，给孩子聆听。此外，女性将设计作为时尚的一部分来看待，我想做出下面这种音响产品：女性会很想拥有并且易于接近，设计精美且充满感性。

　　具体的产品形象就是将播放器和功率放大器组合在一起，尽可能做得小一些，扬声器尺寸大小与牛奶盒相当，而且音质要保持Technics应有的水平。以前在Technics旗下发售过小型正统派的袖珍立体声组合音响，令人们感到非常震惊，对此我至今仍记忆犹新。

　　我将这个要求讲给研发团队听，得到的回复是"做不了那么小"或"请更换设计"。正因为谁都没做过，我就鼓励大家做一做。顺带一提，那段时间好像井谷和三浦也讨论过这个问题，他们认为："从技术者的眼光看，肯定有很多想法要表达，所以详细设计咱们就不插嘴了。"我认为，从某种意义上说，这应该属于逃避。因为，要把"小巧而又能发出高品质声音"这种新价值观念真正实现，需要高超的技术。

研发团队最初做出来的样件尺寸果然不达标。为了发出低音，扬声器的端口（传导声音的管道）还是保持长度一米左右。然而，因为设计目标明确，所以遇到物理方面的难题时，人们会绞尽脑汁想办法解决。

我们不断进行尝试，把端口做成螺旋状，将 Technics 独有的原声螺旋筒收纳成紧凑型。处理电信号的团队也加入了进来，对零部件的配置反复进行以毫米为单位的调整，就好像是制作庭园式盆景一样，越来越接近浓缩的形状。

此时，我想起了这么一件事。

以前，小幡修一对创始人幸之助说："我们研发出了黑胶唱片播放器的拾音头。"幸之助将拾音头放到手掌上，边端详边微笑着说："你们做的这个东西很不错，这么轻便小巧，可以卖个好价钱吧?"

"声音的宝石盒" OTTAVA

尽管如此，在距离二〇一五年柏林 IFA 还有不到两个月的某个晚上，因为研发不如预期顺利，我做好了思想准备，心想"实在不行的话，就放弃"。那个晚上我一夜无眠，辗转反侧，担心如果继续这样下去，会赶不上九月的 IFA，而且商品的完成度也令人堪忧。

"这是自己先提出的，现在却想放弃当逃兵，这样真的好吗？"

第二天，研发团队叫我到视听室。当我迈着沉重的步伐走向他们时，他们对我说"请您听一下"。我不抱任何期待地听着，突然发现发出的声音非常不错。就这样，我们完美地跨越了这个坎。

"这样不就可以了吗？非常感谢大家！"

最后的成品正如当初计划时设想的一样，的确可以称之为"声音的宝石盒"。我们把它命名为 OTTAVA（意大利语，是某个音阶高八度或低八度的意思）。爵士吉他演奏者维斯·蒙哥马利（Wes Montgomery）的八度奏法激发了这个命名的灵感。在个人演奏时，比起单音弹奏，以加上八度音修饰的弹奏可以让声音传得更远。

产品的设计非常出色！尽管如此袖珍，声音还是能够响彻整个房间，真的非常了不起。它获得的好评如潮。

浓缩了 Technics 技术的微型立体声组合音响。因为声音从正面和左右二百七十度方向发出，在房间内的各个位置都能轻松地享受音乐。另外，配线简单，女性也很容易操作。

声音的宝石盒 OTTAVA SC‑C500

"不过，二十万日元会不会贵了点儿？"我也听到了这样的声音。

真的贵吗？几年前由松下电器发售的微型立体式组合音响的限定版是十万日元。名牌包就算是二十万日元，女性也还是想要。这样想来，我认为，OTTAVA不仅具有杰出的设计和音质，而且浓缩了Technics技术，这个价格并不贵。而且，将它的价值传播出去，为世人所知，这也是很重要的工作。

降低售价的话，销售量当然应该会增加，流通方面店铺也会增多。可是，我们现在正在努力提高Technics的品牌价值，而且以高级别产品创造出新的价值，这种情况不会仅停留在Technics一个产品上，还可以期待通过不断突破的技术，也渗透到其他领域。"家电乃本公司的DNA"这句话蕴含着深刻的意义，毫无疑问我们想立足当下面向未来，绽放出更多绚烂花朵。

现在，数字AV已经对价格产生了很大冲击，我认为，音响本来就属于兴趣爱好范畴，就应该以感性价值决定价格，所以不能轻易降价。

Technics 团队中有五十名技术员，加上商品策划、市场运营和经营策划人员，一共有六十名左右。不过，除了我之外，全部都是男性，因此，我也常常感到孤独以及在感性方面与大家之间的差异。在介绍 OTTAVA 的理念和价值观的时候也是如此，如果我不鼓起勇气说出来的话，依然没有任何一个人会跨出这一步，因此也就不会有任何变化。Technics 的挑战就是创业者精神的实践，不踏出第一步，就会永远在原地踏步。分不清对错的事情好像每天都有。但是，各个领域的专家都集中在这里。既然是听取大家的意见做判断，最后由我来做最终决定，那就勇敢干吧。——我就是这么想的。虽然集思广益地运营一个部门确实很难，但是为了一点一点实现理想，必须要切实行动起来。

Technics 的下一个五十年依然光彩夺目

我一直在思考 Technics 的未来。当今世界是一个既可以玩模拟设备又可以欣赏数字设备的多姿多彩的时代。数字网络的技术日新月异。今后，IoT、AI 和机器人等技术会更进一步发展。不过，在这种不断变化中，音乐却绝对不会消失，而且听音乐的方式、欣赏音乐的方法应该会越来越多。在此情况下，Technics 怎样才能走进人们的生活，为人们提供出色的价值理念呢？

距离商品发售已有两年了。如果从销售数字看 Technics 的话，它还远远不够。但是我希望像创造出黑胶唱机和 OTTAVA 那样，一个一个地逐步实现目标。

二〇一八年是松下创立第一百周年。二〇二〇年将要举办东京奥林匹克运动会，届时 Technics 将迎来五十五周岁生日。我希望在五十五周年的时候，Technics 能够点动成线，线动成面，得到大家的认可——"你启动 Technics，并使之复活，真的非常棒"，并让大家安心——"未来 Technics 会更加壮大"。为了这一目标，我每天都在努力奋斗。

爱迪生是美国《生活》杂志选出来的"近一千年中贡献最大的世界前一百人"中的第一位。据说，爱迪生一八七七年发明了留声机，而其后一百年是模拟式音响发展的历史。这段期间创造出来的，就是包括 Technics 高保真音响在内的文化。我认为，在当今数字网络时代，我们必须发挥自己的意志和热情，创造出爱迪生曾经梦想的那种音响的未来。

站在这个立场上，经常有人问我："好的声音是什么样的呢？""Technics 追求的是什么样的声音呢？"我从三岁开始弹钢琴，就业时选择了从事音响方面的工作。在过去的半个世纪中，我一直都在通过演奏制造声音、聆听声音、制作声音、享受声音。于是，我这样回答："要同时兼顾好两个方面。一个是感受声音产生瞬间的能量和生命力，另一个是长期保持聆听声音，去感受令人舒畅的声音。"这些话我也经常讲给 Technics 的研发团队听。

音乐这门艺术花费了大量的时间和空间，但只要不被记录下来，就会瞬间永远消失。正因为如此，才产生了音响这种重现艺术的器械。音响能记录声音的生命，使之再次复苏。但是在能够被记录之前，一切都只存在于记忆之中。那既是人类的历史，也是一个人的人生。

音乐演奏者每天都在练习，我想通过音响听到演奏家全身心投入的那个瞬间的信息，这既是我作为钢琴家的真心话，也是我作为音响技术员的一个目标。我做到了吗？我会一边寻找答案，一边为了使 Technics 下一个五十年依然辉煌而不断努力。这，就是我的梦想。

第十四章　寄语年轻人

认真弹奏爵士钢琴。二十多年来一直同时扮演两个
角色

最后，我想介绍一下被邀请发表演讲的时候自己对年轻人说的一些话。内容全部是我作为松下的董事或者爵士乐钢琴演奏家，通过工作或者爵士乐获得的实际感受。

磨炼自己的个性，了解弱点，明白强项

创始人幸之助也经常说："人各有异，这很正常。要磨炼自己的个性。每个人都会有许多缺点，不可能什么都达到满分。"迄今为止，我自认为一直在磨炼个性，同时不断反思自己是否足够努力做好了本职工作。进入公司二十多年之后，我听到了创始人这句话，倍受鼓舞。

不断挑战

所谓挑战，就是试着将难度提高到比自认为是极限高一点点的水平。不断重复此操作，就是不断挑战。某一天，突然回过头来，就会发现自己已经登上了高峰，并发现此时看到的景色已与以前完全不可同日而语。

高中时我曾经参加过篮球部。那里的训练非常艰苦，比我早加入的学长们却对我说："极限是由谁来决定的？难道不是自己决定的吗？"所以我一直很努力，绝不轻易去想或者说出"啊，已经不行了，我撑不下去了"之类的话。进入公司后，我又学会了一件事——带着极限意识去设定目标非常重要。这不是单纯的毅力问题，只有持之以恒脚踏实地前进，才能不断激发出挑战的积极性和欲望。

与不同的人碰撞交流

与不同的人碰撞交流，会发现新的自我，激发出潜能。

说到与不同的人碰撞交流，我在美国佛罗里达州和一流的爵士音乐家一起组队的时候，完成了以前自己不曾做到的完美演奏，感觉自己的潜能被完全激发出来了。

因此，我经常让手下的 Technics 年轻技术员们向评论家、经销商和新闻工作者介绍自己的技术，和他们进行交流。

丰富想象力和创造力

拥有感知世事变化和征兆的敏锐观察力。对各种事物充满好奇。在这个世界上，与人类已知的相比，人类未知的才是无限的。

刚进公司的时候，音响研究所的小幡修一几乎每天都会对我说："请写出专利，请写出专利。""不好意思，我写不出这么多的专利。"听我这么回答，他对我说："在这个世界上，与小川你所知道的相比，你所不知道的、不了解的才是无止境的。"他教我试着将眼光投向自己未知的世界。我从中体验到了那种提出独特灵感并将其创造出来的快乐。的确，当我鼓起勇气，突破了自我界限的时候，有趣的事情就会发生。

坚定信念，保持热情

信念以自己的个性、擅长领域和强项为核心而形成。它会成为自己的坚强后盾，无论何时都可依靠。任何事物都既有顺境也有逆境。只要不忘初心，坚持自我，保持持续的热情，总有一天，辛勤的汗水必然会结出丰硕的果实。不逃避，不放弃。

正如第十章所提到的那样，我有两次汗水变成丰硕果实的经历。第一次是成为爵士音乐家后，首次在美国爵士音乐节上进行演奏，全场听众起立为我鼓掌的时候。那时，我充分体会到了坚持弹钢琴真好，做音乐真好。

第二次是公司让我负责 Technics 重启工作的时候。当时，作为音响技术员，我每天都执着于追求再现艺术，作为爵士钢琴家每天都接触到音乐的源泉，还每天都挑战互联网和社会文化等新领域，所有这些人生的点全部通过一条线连接在一起，而我认为这就是我的使命。

坚持下去　不要放弃

不论是去美国，还是去欧洲，或者在日本，无论遇到什么样的专业音乐家，我都一定会这样说："坚持下去，不要放弃！"放弃的话，进步也就停止了。无论是一根多么细的线，只要坚持下去，在某个瞬间一定会创造未来，即使那个瞬间可能依然会有很多事情不清楚不明白。这是音乐人的经验之谈。就我个人的情况来说，有时很难同时兼顾好工作和音乐，有时候练琴也很辛苦。然而，正因为坚持下来了，我才拥有了非凡体验。我的目标是坚持弹钢琴弹到一百岁。

通过经验扩大动态范围

所谓动态范围，是技术用语，用音乐术语来说，就是从最小到最大的幅度。我认为，通过各种各样的人生体验，人生的广度和深度都能得到扩展。我希望那些不愿挑战或者嫌麻烦的年轻人都能踏出第一步，获得真实体验。当下，生活的确非常便利，也能学到很多东西。可是，在我看来，仅仅在半径一米以内的生活中是无法理解动态范围的强大能量的。

让自己处于能感受事物平衡性的位置

我感觉现在好像有这么一种风潮：人们很容易因为一个信息而偏向某一个方向，或者只是被流行牵着鼻子走，年轻的时候视野就变得狭隘。我也是这样过来的。而如果纵观全局的话，就能找到自己的平衡点。比如研究音质，就会发现如果整体平衡被打破了的话，音质就会变差。此外，我从生物体节奏中也学到，身体平衡如被打破，节奏就会失调，从而失去自我。我想提醒大家要从宏观角度观察微观事物。

相信直觉

对于技术员来说，思考问题合乎逻辑非常重要。在一个集体中工作，从某种程度上来说也就是言行要符合逻辑。可是，如果一直按逻辑行事，有时又会失去光芒。以声音为例，要说听到声音那一瞬间的第一印象究竟要用什么样的数值来表示，目前还尚不明确。科学很重要，但也不能忘记人类的直觉。

我和三得利的名誉总配酒师奥水精一一起用餐的时候，曾经向他请教："酒的好坏是如何来进行判断的？"他回答："放到嘴边的瞬间，就可以通过香味了解到，含入口中的瞬间，一切就都明白了。"我终于懂得味觉和嗅觉原来道理都和听觉是相通的。这或许就是直觉吧。

提高专业水平，对整体进行把握和构建
（让自己成为 T 字形人才）

技术员就是要不断提高专业水平。但另一方面，他

们对事物的看法容易变得狭隘。对一个领域的专业性当然是必要的，但同时也要把握整体，让自己成为"T字形"人才。与社会交流时也同样如此，如何才能将精湛的技术与社会需求联系在一起呢？所有这些事情都必须要纵观全局才行。就拿音质来说，如果只追求技术，很多时候就会缺乏声音本来的大气与豁达。此时，有必要抬起头来，感受音乐的宏大。进行纵向挖掘的同时还要试着横向拓宽。

我在社会文化部的时候，负责国际科学技术财团，从事被称为日本诺贝尔奖的日本国际奖的相关工作。这个奖关注的是如何通过科学为人类或者现实社会做贡献。即使是基础研究，也着眼于如何有益于社会。企业技术员就是要具备这种作为制造者的宏观视野，不是吗？

洞悉真相和实质

成为管理层后，会接触到各种各样的信息。问题发生后，通常会有几个原因，但要经常思考问题真正的原因，必须要洞悉事物的根本。我要求在一周工作报告中，采取坏消息第一时间汇报的原则，首先从有问题的地方开始汇报。即使是相同的信息，由不同的人汇报，语言色彩常常不同。但是，我会将信息汇集起来，最终对现状做出自己的判断，努力看透问题。要看透问题，就必须追究真相和实质。这是我担任总公司部长一职时，一位尊敬的老前辈教给我的。

包容多样性，营造出充满活力的环境

此处所说的多样性，不仅是对女性、年轻人和外国人，还包括包容各个国家、地区的价值观。我所负责的音响产品除日本外，还远销中南美、欧洲、北美、亚洲、澳洲、非洲等各个地区。当我与人类生活密切相关的声音打交道时，切实感受到每个地区的价值观竟然存在如此大的差异。尤其是当前公司发展越来越全球化，我希望年轻人能够意识到这一点。

理解并传播日本文化（历史、风土、社会文化等）

包容多样性自然非常重要，但在此之前应该要准确理解日本文化。我还在社会文化部工作的时候，恰逢日本与土耳其的友好交流年，我曾得到在伊斯坦布尔爵士音乐节演奏的机会。那时，大部分土耳其人依然对一百二十多年前的"埃尔图鲁尔号事件"① 表示感谢。然而，日本人却不怎么了解那段历史。再比方说，日本料理成为联合国教科文组织的世界非物质遗产，我因工作原因去法国的时候，刚开始时不知道说什么好，没想到对方提到了日本料理中的"出汁"②。据说，法国菜中最近经常会用到出汁。这种时候，宣传日本出色的地方，交流时就会相互产生敬意。

---

① 1890 年 9 月，在日本和歌山县串本町大岛附近海域，来自土耳其的大使团乘坐的军舰发生沉船事故，船上六百一十八人跌入大海，导致五百多人丧生，共有六十九名幸存者在当地民众的营救下脱险。
② 日本料理中特有的一种调味品，从鲣鱼干及晒干的海带中提取制作而成。

后　记

　　结束在柏林的所有工作后的回国途中，可能是因为身心过于疲惫的缘故，我在飞机上睡不着。黑暗中，我毫无睡意，乘务员特地过来对我说："乘客您好，现在窗外可以清晰地看到极光。"

　　我心想，到底飞到哪里了呢？此时，航空地图上显示的是俄罗斯上空。

　　打开遮光板，夜空中的繁星以及时刻在改变形状并不断扩散开去的宇宙的白光映入眼帘，我不禁感到震惊，深吸了一口凉气。我心想，"这就是极光吗？"这是我第一次体验，而且还是从天空中看到的，这到底是怎么回事呢……我将脸贴在窗户上，久久地注视着，不想错过这个瞬间。接下来发生了什么呢？格外明亮鲜艳的七彩柱像火焰般出现在眼前，之后又消失了。啊，那是父亲！父亲为我的出色表现而高兴，他在激励我今后继续努力。

父亲去世前一个月，也就是二〇一五年七月末，在病床上竭尽全力发出微弱的声音问我："理子，Technics 畅销吗？"我回答说："嗯，还好吧。"父亲可能是察觉到我为自己尚未步入正轨的事业前途感到苦恼，所以非常为我担心。他说："如果放下姿态，多拜访一下客户的话，会有人买的。"换句话说就是，不要忘了一个船场商人的初心。

我在飞机上哭出了声音。小时候，父亲曾为年幼的我播放唱片，让我听爵士乐。因为喜欢听我的演奏，他不能开车之后，还经常一个人坐在静止的车里，用车内音响听我的 CD。临终前只有我们两个人的时候，父亲最后对我说的话是："Technics 畅销吗？"俄罗斯作曲家柴可夫斯基的《悲怆》是父亲最喜欢的古典音乐。"音的记忆"再次复苏了。

本书即将完稿时，也就是二〇一六年十一月，我获得了宝格丽主办的奥罗拉奖，奥罗拉是意大利语"极光"的发音。

　　实际上，在二〇一六年春天，就有人想将我提名为由宝格丽选择的奥罗拉奖候选人，这个奖项以罗马神话中的女神命名。从文化、艺术、政治、经济、医学、社会贡献、运动等各个领域，选出给予社会灵感的十位女性。主办方希望通过这个奖项给世界上的很多人提供机会去了解杰出的事业或故事。从柏林回国途中，我在空中看到了极光。从那天起，极光对我来说就有了特别的意义。所以，对我来说，这个邀约并不出乎意料，我感觉这好像是在意味着什么。前年从柏林回国后，我和宣传负责人池田卷子提到了自己在空中看到了极光之后收到了来自宝格丽的邀约这件事，她对我说："小川，这个奖项你一定要接受。这肯定是你父亲的指引。"我也有同感。

　　一切都通过"音的记忆"联结在了一起。衷心感谢一直以来的所有联系、机缘与相遇，特别是每次在人生的十字路口烦恼的时候给予我引导的人们以及赐予我教诲和提醒的人们，感谢所有人！我的感谢之情无以言表。最后，衷心感谢《文艺春秋》，感谢半年多以来给予我诸多帮助的下山进先生以及编辑负责人野田健介先生，是你们帮我实现了这个梦想。承蒙各位多次大力协助，不胜感激。

二〇一七年一月

OTO NO KIOKU Gijutsu to Kokoro wa Tsunageru by OGAWA Michiko
Copyright © 2017 OGAWA Michiko
Photographs provided by Panasonic Corporation
All rights reserved.
Original Japanese edition published by Bungeishunju Ltd. in 2017.
Chinese (in simplified character only) translation rights in PRC reserved by Shanghai
Translation Publishing House under the license granted by OGAWA Michiko, Japan
arranged with Bungeishunju Ltd., Japan through enhaku Inc..

图字：09 - 2018 - 1124 号

图书在版编目（CIP）数据

　　音的记忆/（日）小川理子著；郭丽译 . —上海：
上海译文出版社，2021. 8
　　ISBN 978 - 7 - 5327 - 8745 - 6

　　Ⅰ . ①音… 　Ⅱ . ①小…②郭… 　Ⅲ . ①纪实文学—日
本—现代 　Ⅳ . ①I313. 55

　　中国版本图书馆 CIP 数据核字（2021）第 134487 号

音的记忆	［日］小川理子　著	出版统筹　赵武平
音の記憶	郭　丽　译	特邀策划　毛丹青
		责任编辑　董申琪
		装帧设计　山　川

上海译文出版社有限公司出版、发行
网址：www. yiwen. com. cn
200001　上海福建中路 193 号
苏州市越洋印刷有限公司印刷

开本 787×1092　1/32　印张 8.25　插页 5　字数 78，000
2022 年 1 月第 1 版　2022 年 1 月第 1 次印刷

ISBN 978 - 7 - 5327 - 8745 - 6/I · 5399
定价：62.00 元